あのとき始まったことのすべて

中村 航

角川文庫 17454

目　次

第一章　マリオン前　5
第二章　修学旅行　73
第三章　遊星ハロー　173
第四章　奈良へ　231
第五章　謹賀新年　263

解　説　椎名隆彦（しーなねこ）　310

本文イラスト　宮尾和孝
デザイン　鈴木成一デザイン室

第一章

マリオン前

十年ぶりってのは、どれくらい久しぶりなんだろう。

ワールドカップとか夏のオリンピックのことを、僕は考えていた。十年ということはそれらが合わせて五回開催されるということで、そいつはすげえや、とも、だからどうということではないな、とも思う。

今夜、仕事が終わってから、中学の同級生の石井さんと会う約束をしていた。彼女に会うのは中学を卒業して以来で、ちょうど十年ぶりということになる。

その約束をしてから今日までの一週間、いつも通りの日々を過ごしてきた。

食べて寝て起きて、会社に行く。書類を作り会議に出て人に会う。電車の中で本を読んで、ときどき笑う。ときどき黙り、ときどきあくびをかみ殺す。

だけど気付けばふとした瞬間に、あの頃のことを考えていた。考えるというより浸るという言葉のほうが近いかもしれない。今も目の前の親子丼を食べながら、あの頃に思いを馳せている。

石井さんには、何ひとつ悪い印象がなかった。それはあれから長い時間が経っているからかもしれないし、もしかしたら当時、本当に楽しいことしかなかったからかもしれない。多分、前者のほうが近いと思うんだけど、本当のところはわからない。

どっちなんだろうと思いながら、僕は親子丼を食《は》む。食む、食む。食む、食む、食む、食む。

玉子の甘さと一緒に、少しずつ甦《よみがえ》ってきた記憶があった。石井さんは給食で親子丼が出ると必ず、親子丼できたどーん、とくだらないことを言った。

親子丼できたどーん……。

あの頃、僕らの日々は、コップの中のカオスのように揺らいでいた。不良はワルぶり、おしゃれさんは前髪を整え、普通の者は背伸びをし、面白男子はおどけた。部活小僧やスポーツガールは基礎体力を伸ばし、サブカル者やガリ勉君は己の道を行く。十何人かの男子と十何人かの女子は、一つの箱の中で、沸点を忘れた液体のようにもみあっていた。

誰もうまいやり方を知らなかった。やれることは限られていたし、箱の中で発揮される個性は、まだただの誤差だった。誰もうまいやり方で、自分や他人やものごとを尊重することができなかった。

僕は多分、普通の男子だったと思う。ちょっと面白男子寄りで、スポーツ方面にも足を突っ込み、不良の分野にもほんのちょっとだけ関わり、ごく稀《まれ》にガリ勉軍団にも顔を出し、サブカル者を遠目に眺める。休み時間には友だちとUNOをして、授業中には教師の間隙《かんげき》をぬって、隣の席の女子を笑わせる。

笑わせるというのは例えば、親子丼できたどーんに対抗して、牛丼一筋三百年ー、と歌うようなことだけど、今考えてみると全然面白くなかった。

牛丼一筋三百年……。

「あのさ、」

と、突然、門前《もんぜん》さんが言った。

「岡田くんは、さっきから何笑ってんの？」

炭火焼き鳥丼を食べながら、門前さんは僕を見る。

「いや、全然、笑ってませんよ」

「いーや、笑ってるよ」

覗《のぞ》き込んでくる門前さんの視線から逃れ、付け合わせのたくわんを噛《か》んだ。ぽり、ぽりぽり、ぽりぽりぽりぽりぽり、と連続して気持ちの良い音が鳴る。

会社の先輩の門前さんとは、週に二、三度、ランチを一緒に食べた。今日来たのは焼き鳥が美味《うま》い『鶏《とり》よし』という、正しい焼き鳥屋さんだ。夜には居酒屋になるこの店は、昼には正しい昼飯処になる。

ここの親子丼はとても美味《おい》しかった。〝親〟のほうは炭火で香ばしく焼かれ、〝子〟がそれにとろーんと絡む。

「親子丼できたどーん」

と、僕は言った。

「ん？　なんだそりゃ？」

「中学のとき流行ってたんですよ。給食で親子丼が出ると必ずそれを言うんです」

「ふーん」

　あの頃、僕と石井さんは、毎日机を寄せ合って給食を食べていた。今の感覚でモノを言うなら、毎日一緒にランチを取り、毎日一緒に食後の牛乳を飲んでいたということになる。

「うちの中学には、おでんが出たとき歌う歌があったな」

七年先輩の門前さんは、口に入れたごはんを飲み込む。

「おでんでんでででんでんでんでんででん♪」

流暢《りゅうちょう》なリズムと奇妙なメロディーに乗せて、門前さんは見事にその歌を歌った。ふ、はは、と僕は少しだけ笑う。

「それ、ちょっと面白いですね」

「そうか？」

「おでんでんでんでんでん……」

門前さんのマネをして歌ってみた。

「違う違う。おでんでんでんでででんでんでんでんでででん♪　だよ」

「おでんでんでんでででんでででんででででん」

「全然違うな」

たんたんたんたん、と手を叩《たた》きながら、門前さんはまた、おでんでんでんでんと歌った。ただでんでんと繰り返すだけなのに、にわかには真似られない歌だ。

「九拍子なんだよ。前半は『で』で拍をとって、後半は『ん』で拍をとるんだな」

随分複雑なことを、門前さんは言った。

「だけどこういうのってさ、おれ以外に誰か覚えてるやつがいるのかなって思うよ。おれだって歌ったのは多分、十五年ぶりくらいだしな」

「へえ！」

何だか嬉しくなった。

「じゃあおれは今、めちゃめちゃ貴重な歌を聞いたんですね」

「別に貴重じゃないよ。今まで思いだす機会がなかったから、歌わなかっただけだよ」

「おでんを食べるときに、思いだささなかったんですか？」

どうだったかな、と、彼は少し考える仕草をした。

「……わかんねえな」

思いだしたことはあるけど、口にだすことはなかったんだろうな、と僕は想像する。何故なら我々はもう、中学生ではないからだ。

「だけど、あれだな。記憶できることって限られてるだろ。なのに貴重な脳のリソースの一部を、おでんの歌が占有してるってのは、もったいない話だよな」

「いや、そんなことないですよ。面白いじゃないですか」

「だけど、次に歌うのは何年先か、もしかしたら死ぬまで口にしないかもしれないんだぜ。それなのにおれは、何の役にも立たないこの歌を、ずっと覚えてるんだよ」

「いいじゃないですか。覚えてるのが門前さんだけなんだったら、なおさら覚えておいてくださいよ。みんなのために」

「別にみんなのためにはならないだろ」

「門前さんが忘れちゃったら、この歌は人類の記憶から永遠に失われちゃうんですよ。この歌があるのとないのじゃ、人類の記憶の総体の向く方向が、ほんのちょっと変わりますよ」

「ふーん」

炭火焼き鳥丼を食べ終わった門前さんは、ずずっとお茶を啜《すす》った。この人はいつもべらべらしゃべりながらも、着実にごはんを食べ進めている。

「岡田くんって、ときどき変わったこと言うよな」

彼は財布から千円を出し、王手、という感じに僕の前に置いた。

このあと僕はその千円と自分の数百円を出して、二人分のお勘定をまとめてする。一緒にランチを食べに行くとき、僕らはそういうシステムをとっている。門前さんとしては、「一応先輩面したいから、みそ汁ぶんくらいはおごらせてくれよ」ということらしい。

親子丼を急いで食べ終えた僕は、静かに箸《はし》を置く。

「先輩、十年ぶりってのは、どれくらい久しぶりなんですかね？」

ときどきこの人のことを先輩と呼ぶことがある。

「……十年か」

門前さんは、ずずっとお茶を啜った。

「十年ってことは、一年に一人仲間を増やせば、サッカーチームができるな」

「先輩、サッカーは十一人ですよ」

「お前、あほだな」

この人はときどき、僕のことをお前と呼ぶ。

「自分を入れろよ。岡田くんもサッカーをするんだよ」

彼はいつものように、スチャ、と音を立ててフリスクの箱を振った。それから反対の手を経由させて、一粒を口に放り込むのだけど、そのときうつむいた姿勢のまま、一瞬だけ上目遣いになる。

この瞬間を何度見ただろう、と思う。そして〝見た〟のではなく〝目撃した〟という気分になるのは何故なんだろう。

その後、何ごともなかったように彼は話しだすのだけれど、上目遣いのその一瞬には少し怯《おび》えた感じの表情になっている。物陰から出てきた猫のような顔をしてこちらを窺《うかが》う表情と、全体的な雰囲気も含めた一つの光景としてのそれを――、僕は覚えてしまっている。

多分、何の意味もないその光景は、僕の貴重な脳のリソースの一部をきっちりと占め続け、十年くらい経っても、思いだすことがあるだろう。例えばコンビニエンスストアでフリスクを買う瞬間なんかに。〝猫みたいな〟という言語としてか、あるいは昼下がりのストップモーション映像として思いだすのかもしれない。

「で、何？　岡田くんは十年ぶりに何かするの？」

「いや、まあ何するってわけじゃないですけど」

冷めてしまったお茶を、僕はずずっと啜る。

「何だよ、元カノにでも会うのか？」

「いや、同級生の女子と会うんですよ。別にそういうアレじゃないですよ」

「ふーん」

門前さんは、残っていたお茶を、面倒くさそうに飲み干した。何かを話していた隣の会社員の集団が、一斉に椅子を鳴らしながら席を立つ。

記憶ってのは、と僕は思う。

それは律儀で気まぐれな神さまが、意志とは無関係に管理している。いつか必ず口の中で消えるフリスクとは違って、覚えておきたいと思っても忘れてしまうし、忘れたいと思っても覚えている。

「だけど、十年ぶりに会って、将棋をするわけじゃないんだろ？」

「ええ、将棋はしませんね」

「じゃあ何だよ。歌でも歌うのか?」

この人だってときどき変わったことを言うよな、と思う。

「そんな感じですよ。二人で青春の歌を歌って、旧交を温めるんです」

「そうか。まあ、いいけどさ」

門前さんはにやり、と笑い、またフリスクを取りだす。

「それで先輩、十年ぶりって、どんな感じなんですか?」

「別にどうってことはないよ。おでんの歌を歌うようなもんだよ」

彼はまた、スチャ、と音をたてた。それを合図に僕らは立ち上がったから、今度は怯えた猫みたいな表情は見られなかった。

お勘定を済ませ、僕らは店を出る。ごちそうさまでした、と、みそ汁分のお礼を言うと、おう、と、みそ汁分の返事が返ってくる。それから二人で昼下がりの軽子坂《かるこざか》を肩を並べて下っていく。

何年ぶりとかは全然関係ないんだよ——、
十月の空気に溶け込むような声で、門前さんは言った。
ときどきすれ違うのは、今から昼食をとる集団だった。どことなく険しい表情をして、彼らは坂を上ってくる。

一年ぶりだって、二十年ぶりだって、全然関係ないんだよ——。

自分たちと同じ方向にばらばらと歩いているのは、昼食を済ました集団だった。戻ったら社内プレゼン用の資料を作らなければ、と僕はぼんやり考えている。

「岡田くんって、今いくつなんだっけ？」

「二十五です」

「ふーん」

多分これから増えてくるぞ、と、門前さんは前を向いたまま言った。

おれくらいの歳になるとな——、
十年ぶりとか、十五年ぶりとか、そういうことってすげえ増えてくるんだよ——。

この人はいくつなんだっけな、と思った。確か三十一だと聞いた覚えがあるけれど、それを聞いたのが一年前なのか二年前なのかわからない。

誰かと会ったりすることもそうだけどな——。

あくびをするような感じに、彼は声を出す。

ここに来るのは八年ぶりだとかな——、こんなに嬉《うれ》しいのは十年ぶりだとかな——、こんなに泣いたのは十年ぶりだとか——、そういうことがすげえ増えてくるんだよ——。

「何かあったら、おれに報告しろよ」

会社の前まできたとき、彼はにやりと笑った。

「ブラジルで一匹の蝶《ちょう》が羽ばたくと、それがテキサスでトルネードになるらしいぞ」

エレベーターのボタンを押しながら、門前さんは語る。

「何ですか、それは？」

「バタフライ効果って言うんだよ。カオス理論だな」

アドバイスなのか何なのか、彼はいまいちわかりかねることを言った。

◇

何かが始まるとき、今がそのスタート地点だと意識できることなんて、ほとんどなかった。

そのとき始まったと思っていたことは、後から考えてみると、もっと前から始まっていたりするし、始まったと思っても実はまだ何も始まっていなかったりする。

因果の糸をほどいていくと、結局、自分が生まれたときなんかに行き着いてしまうんだけど、実はそれだって、もっと過去のいろんな因果の末のことだ。正確に言うなら、あらゆる因は宇宙の開闢《かいびゃく》まで遡《さかのぼ》らなければならないだろうから、スタート地点に思いを馳せることに意味はないのかもしれない。

確かなのは、僕らは今を生きるしかないということ。それから、何がいつ始まるかわからないということ。

だったら僕らは、あらゆる瞬間に、野性の勘と陽気な発想を発揮できれば、それが一番理想なんだろう。できれば正しい戦略を添えて。

そう考えると、先週金曜日の僕は、まあまあだったんじゃないかなと思う。あの日の僕は、まあまあ正しくて、まあまあ陽気で、まあまあ研ぎ澄まされていた気がする。

十月十三日（金）。

良く晴れた午後に、僕は歩いていた。残暑という時期はもう過ぎていたけど、スーツを着て早足で歩くと、背中にうっすらと汗をかく。

仕事ってのは不思議なもんだなと、そう思うようになったのは最近のことだ。一人で得意先に行って、納期や規格の打ち合わせをしてくるなんてことは、三年前なら考えられなかったことだ。

心配すんなよ、と、何もできなかった三年前の自分に教えてやりたかった。お前だっていつかこんな感じに、いっぱしの仕事をするようになるんだぜ――。

午後三時に得意先に着き、納入する機器について打ち合わせた。

二ヶ月後、相手先の試作に合わせて、特注のリフターを三台納入する。量産時には五十台程度、発注を受けることになる。設計変更の可能性もあるらしい。

仕様書や図面を確認し、打ち合わせは二時間くらいで終わった。帰社しようとした僕は、それから別の担当の女性と立ち話になった。電気検査用の治具《じぐ》を作れないか、と彼女は言う。部品を出荷する際の検査治具を作りたいらしい。

できますよ、と、素早く僕は応《こた》えていた。

技術営業は何でもやるんだよ、というのは門前さんの教えだった。ここからここまでが仕事だとか、そんなものは何もないんだよ。おれたちは、できることは何でもやるんだよ——。

立ち話では足りずに、僕らは机を挟んで図面を広げた。簡単な治具だったので部品を揃えればすぐに作ることができそうだった。費用は数万円程度になるだろうか……。

「モーターとコネクターは実機のものを使えばいいですね？」

「ええ、それはすぐこちらから送ります」

これくらいのものなら自分で作ってしまおう。だって技術営業は何でもやるのだ。

「ここの表示ランプは、どうしますか？」

「これは何でもいいんです。エンチョーなんかに売ってるようなものでもいいし」

「エンチョー？」

「いや、エンチョーじゃなくてアレですよ」

その人は少し慌てて、『エンチョー』を『ビバホーム』とか『コーナン』だとかに言い換えた。つまりそれはホームセンターのことだったんだけど、『エンチョー』というのにも覚えがあった。

「知ってますよ、エンチョー」

それから僕らは、しばらくホームセンター・エンチョーの話をした。そして次第に、自分たちが同じ静岡生まれで、それもかなりのご近所さんだと気付いていった。エンチョーなんていうのは、ちょっと珍しいホームセンターなのだ。

さっきまで治具の費用とか仕様とかの話をしていたのだけど、それはいつの間にか新星堂とかジャスコとかの話に変わっていた。僕は駅より北に住んでいたけど、その人は南に住んでいたらしい。学年は向こうが二つ上だ。

知ってる知ってる、とか、それそれそれそれ、とか声を上げながら、僕らの会話は小爆発した。

宮沢は私の後輩だとか、大里中には部活の遠征で行ったとか、チロルはメタルシティに変わったとか、ミナミボウルの娘は生徒会長だとか、水上公園でデートすると別れるとか、モーツアルトでバイトしていたとか、そんなローカルなトピックが高いトーンで行き交う。

高校は西高だった、とその人は言う。

西高……。西高と聞いて、中学の同級生の二、三人のことが思い浮かんだ。

一人はカワイ君という野球部員だった。カワイ君は確かクドミさんと付き合っていた。四階建ての団地に住んでいて、小学生のときに遊びに行った記憶もある。それからオカべ君のことも思いだしたけど、オカべ君は西高じゃなくて南高だったかもしれない。だけどオカベ君のこともカワイ君のことも、実はどうでもよかった。

「じゃあ、石井さんって知りませんか？」

「石井さん？」

「ええ。石井由里子《ゆりこ》っていう、多分バスケ部だと思うんですけど」

「え！　それってもしかして、由里ちゃんのこと？」

知ってるよー、とその人が言うので、会話はまた小爆発した。

石井さんは高校では演劇部にいて、その人の後輩だったらしい。縦の結びつきの強い部で、在学中ずっと仲が良く、驚いたことに今でも二年に一回くらい会ったりするという。

「石井は中学のとき同じクラスで、席も隣ですよ」

「へえ！　仲良かったの？」

「めちゃめちゃ仲良しですよ。卒業して一回も会ってないですけど」

「それ、全然仲良くないじゃん」

「いや、良かったんですよ」

彼女とは中二、中三と一緒のクラスで、あいうえお的な事情（石井と岡田）で席が近いことが多かった。隣の席だったときは毎日いろんなことをしゃべって、笑いまくっていた気がする。多分、中学三年間で彼女を一番笑わせたのは、僕だと思う。

「由里ちゃん、超可愛いよねー」

「え、そうですか？　中学のときは全然モテてませんよ」

　いいや由里ちゃんは可愛い、ということを、その人は繰り返し強調した。今は何をしてるのかと訊《たず》ねたら、東京で働いているという。連絡取ってあげようか、と、その人はいたずら顔で笑う。

　ええ、と怯《ひる》まずに僕は応えていた。その辺が研ぎ澄まされていたし、正しかった気がする。

「連絡先を向こうに伝えてくださいよ」

　僕は携帯電話のアドレスを彼女に伝えた。いたずら顔のその人は、僕のアドレスを受け取る。

　へー、だとか、知ってる知ってる、とか言いながら、またいろんな話をした。まだまだ興奮していたし話は尽きないように思えたけど、次第に一回りしたなとも感じ始めていた。

「それじゃあ、岡田さん」

　と、最後にその人は言った。

「由里ちゃんの件はお任せください。治具のことは宜《よろ》しくお願いしますね」

「ええ。見積もりは今日中にファックスします。石井に宜しくお伝えください」

　何だか名残惜しかったけれど、僕らは一緒に席を立った。それじゃあ、と挨拶《あいさつ》をして、彼女と別れる。

にやけてしまう顔を無理矢理しまって、僕はフロアを出た。守衛さんに入館証を返して駆けだすように門を出れば、十月の空はまだ少し明るい。

快晴だった名残が、流れる風や空気に淡《うす》く含まれている気がした。結局この季節が一番気持ちいいんだな——。まだ少し暑くて、でも涼しくて、そろそろ寒いこの季節のことが、結局僕は一番好きなんだな——。

帰社して席につけば、時刻は六時を過ぎていた。特注のリフターについて関連部署に確認し、報告書を作り、治具の見積もりを作って、約束のファックスをして、週報を書いて、仕事を終えたのは多分、十時くらいだったと思う。

電車に乗り、僕は一人の部屋に戻った。

弁当を食べながら、石井さんのことをうっすら考えていたら、いきなりメールが届いたので驚いてしまった。


——お久しぶりー。石井です。元気にしてる？


何だろう、と思う。こういうことって、何なんだろう。

高校生の頃、中学の同級生に街でばったり会うことが何回かあった。おう、と声をかけ、ちょっとしゃべり、そのまま別れる。あの頃、偶然というものには大した意味がなかった。

僕が最後に石井さんのことを考えたのはいつだったろう……。

これまでの十年間、僕らの間には何の音沙汰《さた》もなかったのだ。それなのに今日の今日、こんなあっさり連絡が取れたことに、感心してしまった。手の中にある携帯電話の画面上のテキストは、確かに数分前に彼女が書いたもので、そのことはとても不思議だ。

にやついていたと思う。嬉しいのと愉快なのとで、かなりにやついていたと思う。

普段、誰かから来たメールを見るときには、画面越しに相手の雰囲気みたいなものを感じている。だけど今、画面の向こうに感じているのは、石井さんの雰囲気じゃなかった。なぜならきっとそれはもう、うまく思いだすことができないから。じゃあ何なのかと考えてみれば、それはアレだった。

あの頃、笑い合っていた自分たちのすべて――。そのうちの、何分の一か――。だけど今取り戻せることの全部――。


――久しぶり。岡田です。元気ですよ。


当たり前のテキストを打った僕は、続く言葉を考えていた。十年ぶりの石井さんに、僕は何を伝えればいいんだろう。それは案外、難しいことだ。

十年前、最後に交わした言葉なんかは、全然覚えていないけど、どうせくだらないことだっただろう。これがその続きということになるのだったら、今度はちょっといいことを言いたい。

携帯電話の画面を僕は睨《にら》んだ。本文を目で辿《たど》り、石井さんのアドレスを見つめる。@の前は、nimame1013とある。nimameって何だろうと思った。……煮豆？

だけどそこで重要なことに気付いてしまった。nimameのあとの数字は1013。日付に直すと十月十三日。それって、今日じゃないか！

しゃきーん、と頭の奥で音が鳴った気がした。こんな偶然ってあるんだろうかと思った。僕と石井さんの間にある偶然を、この日、全部使った気がした。

——久しぶり。岡田です。元気ですよ。もしかして今日は誕生日？　だったらおめでとう！

だけどメールを送ってから、それが彼氏か何かの誕生日かもしれない、ということに思い至った。でもまあ、そういう眠たいことだったら、それはそれで説教してやらねばならない。

で、返事はすぐに戻ってきた。

——何言ってんの？　全然誕生日じゃありません。

僕はまたメールを返す。

――すんません。彼氏か何かの誕生日ですか？

――違います。猫のニマメの誕生日です。

今日は、彼女の実家にいる猫、煮豆くんの誕生日らしい。煮豆くん……。だけどまあまあだ、と思った。十年ぶりのやりとりは、ちょっと間違えてしまったけど、まあまあだ。

それから眠るまでの数時間、僕らは何通かメールをやりとりした。お互いの近況を報告し、共通の知人の消息を教え合い、来週の金曜に会おうということまで話は進んだ。来週の金曜、僕らは再会する。

驚いたことに、彼女は僕の誕生日を覚えていた。

――二月七日でしょ？

ほほう、と思った。正解だった。そしてすまんと思った。自分はさっぱり覚えてなくてすんません。そもそも中学生のとき、自分がそれを知っていたのかさえ怪しい。

だけど十月十三日だった。僕らが十年ぶりに連絡を取り合った日は十月十三日で、それは石井家の可愛い猫の生まれた日と重なる。

僕は彼女の誕生日を知らないし、門前さんの誕生日も知らない。だけど煮豆くんの誕生日は知っていて、それは脳の貴重なリソースの一部分を、これからもきっちりと占め続ける。

ハッピーバースデイ、と、見たことのない煮豆くんに思った。

それがその記念すべき日の最後に、僕が思ったことだった。

◇

夜七時、有楽町《ゆうらくちょう》のマリオンの時計前で、というのが僕らの約束だった。

珍しく会社を定時で上がった僕は、有楽町線に揺られる。

マリオン前で待ち合わせっすよー、と昼飯のときに門前さんに言ったら、マリオン豆知識を授けてくれた。十八世紀、モーリシャス島に連れてこられた、ゾウガメのマリオンの話だ。

マリオンはフランス・ナポレオン軍のペットだったらしい。兵士たちのアイドルだったそのゾウガメは、島に連れてこられて、一匹で生きた。

のそり、のそり、のそり、のそり、のそり、のそり。

マリオンの歩みと一緒に、十年が経った。のそり、のそり、のそり。少し休んで、またのそり。二十年が経ち、三十年が経ち、四十年が経っても、マリオンは生き続けた。為政者や歴史が変遷し、島がフランス領からイギリス領に変わっても、マリオンは島でただ一匹、生き続けた。

その頃、食料として乱獲されたせいで、インド洋のゾウガメは絶滅してしまったらしい（ゾウガメは大航海時代、船員の貴重なタンパク源だった）。マリオン自身は知る由もないが、彼は種として地球最後の一匹になってしまった。

それでも百数十年、マリオンは孤独に生きたという。

のそり、のそり、またのそり、のそり。世紀をまたいで、小石をまたぎ、彼は一回りの島を歩き続ける。最後は要塞《ようさい》の砲台によじ登り、そこから転落して死んでしまったという。

のそり、のそり、のそり、のそり、のそり。

有楽町に向かう地下鉄の中、僕はマリオンの孤独を想像していた。

彼はどんな気持ちで、晩年を過ごしたのだろう。要塞の砲台に登って、最後に何をしようとしたのだろう……。

のそり、のそり、のそり、のそり、のそり。

彼の習性や本能は、仲間との再会を求めていたんじゃないかと思う。だけどその素心《そしん》は叶《かな》わなかった。百数十年の孤独を経て、彼と彼の仲間の種としての記憶は、永遠に失われてしまった。

列車は静かに揺れ、麹町《こうじまち》、永田町、と進む。

僕と石井さんは、マリオンとその仲間たちと違って、今から十年ぶりに再会する。そのことは楽しくて嬉しいことだけど、他にどんな意味があるんだろうか……。あの頃、毎日一緒に給食を食べていた僕らは今日、どんな顔をして、どんなことを話すんだろう……。

先週、今日のことを約束したときは、この経緯に興奮していた。この一週間は割と冷静に過ごしてきたけど、ここにきて少しずつ緊張してきた気がする。

列車は桜田門を出て、有楽町に向かった。束の間の加速を経て、列車はすぐに減速する。この駅間も短いが、有楽町と銀座一丁目の駅はもっと短い、短すぎる、と、どうでもいいことを考える。有楽町に着けばプシューと圧縮空気が抜けてドアが開き、何人かに押し出されるように、僕は列車を降りる。

よっ、十年ぶり、と石井さんに右手を上げる自分を想像した。

会社帰り、仕事着のまま、ふらっと電車に乗ってしまったけど、こんな感じでよかったんだろうか……。もう少し何か、十年ぶりに相応《ふさわ》しい、心構えのようなものが必要なんじゃないだろうか……。だけど十年ぶりに相応しい気持ちって、どんなのだろうか……。

改札を抜け、僕は顔を上げた。黄色い看板に目をやり、D7の文字を探す。同じ方に歩く人に歩調を合わせ、流れに乗るように進む。

脚、脚、脚、脚。構内は混雑していた。地下鉄の駅の構内では、何故だか歩く人の脚に目がいってしまう。かつ、かつ、と音をたてながら、それぞれの脚は目的をもって、どこかに向かう。のそり、のそり。どこへも行けなかったマリオンのことを、また少し思う。

脇の壁には、『東京ばな奈』の看板があった。みやげか、と僕は思った。僕らは十年ぶりに会うわけだけど、おみやげは無事故だけでいいんだろうか、と思った。

おみやげ……。

あの頃、国語の授業で、『お土産《みやげ》』を『オドサン』と読んで笑われて、あだ名がドサンになった女子がいた。僕らは彼女のことをドサンドサンとからかうように呼んだ。彼女はときどき膨れつつも、読んでしまったものはしょうがないと諦《あきら》めたのか、そのあだ名を受け入れていた。そのうち女子たちもドサンちゃーん、などと呼ぶようになり、それ以外の呼び方をするのは教師くらいになってしまった。

ドサンちゃん……。元気なんだろうか……。

ドサンこと杉山さんは、明るくておバカで背が高くて、今から考えれば結構可愛らしい女子だった。『嵐』を『ヤマカゼ』と読んで、逆にあだ名がアラシになった男子のことも思いだしたけど、そいつのことはどうでもよかった。

ドサンは今、何をしているんだろうか。あの頃ドサンと呼ばれていた女子は、こじゃれたオフィスで杉山くんなどと呼ばれて、はい、と返事をしているのだろうか。出張した同僚が買ってきたおみやげを受け取ったときに、かつて私はドサンちゃんだったと、思いだすことはあるのだろうか……。

地上に出ると、視界が急に広がった気がした。網膜が様々なネオンの光を一度に捉《とら》え、同時に鼓膜が雑多な音に震える。正面のツインビルを見上げて歩きだせば、秋の夜風を首筋に感じる。

ビルに入ると真ん中に吹き抜けのような場所があって、クリーム色の柱が神殿のように並んでいた。アニエスのロゴをクールに据えた白地の看板が、上方に吊《つる》されていて、その奥にはさらに巨大な広告が吊されている。歩いて進むと次第に明らかになるその広告は、再びアニエス。

アニエスとかは僕にはあまり関係ないけど、ここは優れたアドバタイズメントの空間ですね、と通るたびに思うことをまた思う。

空間を抜ければそこが待ち合わせ場所で、地下鉄を出て初めて、僕は足を止めた。マリオン前の大時計を仰ぎ見ると、待ち合わせの時間まではまだ十分くらいある。

周りにいる人を一人一人見て、石井さんがいないか確認した。今日初めて会ったらしき右隣の二人は、どうも、○○です、というような挨拶を交わしている。

全体を見渡そうと、集団の一番端のほうまで移動した。石井さんがやってきたとき、見つけられるよりも、見つけだしたかった（発見されるよりも発見したいというのは、考え方としては普通なのだろうか……）。
目の前の晴海《はるみ》通りは渋滞していて、ヘッドライトを点《つ》けた車が連なっていた。交差点の信号が赤になると、歩く人々の足が順番に止まる。電線にとまるスズメのように、人々はばらばらと集まり留まる。
中一のときアニーと呼ばれた山中さんのことを、そのとき思いだしていた（先週からそんなことばかりを、思いだしている）。

Hello. My name is Annie.
Hi, My name is Bud.

それは始まったばかりの英語の授業での、牧歌的なレッスンだった。僕らは例文に倣って、つまりAnnieとBudのところを自分の名前に置き換えて、お互いに自己紹介しあった。

Hello. My name is Shinji Okada.
Hi, My name is Yuki Takagi.

だけどそのとき山中さんはきっぱりと、ハロー、マイネーム、イズ、アニー、と言った。それはとても流暢な発音だった。ノー、ノー、ユー、アーント、アニー、と教師は言い、クラス中は爆笑した。タチバナタカマロという大げさな名前のその教師は、隣の市で坊主をしていた（僕らは坊主に英語を教わった）。

それから数週間、山中さんは皆にアニーと呼ばれ続けた。アニーと呼ばれた山中さんは、ちょっと困った表情をして、呼んだ人間の方を振り向いた。時には眉間《みけん》に深くシワを寄せたり、聞こえないふりをしたりもした。

ドサンと違ってあだ名が定着しなかったのは、山中さんのキャラクターの問題か、あるいはアニーという言葉の響きの問題だったのかもしれない。最初に爆笑とともにあった記憶は、煙のように薄れ、やがて消え、十何年の潜伏を経て今、晴海通りの前で復活した。

だけど赤信号が青に変わるように、それも消えるのだろう。

停止していたビデオが再び回りだしたように、交差点の中央に向けて人々が歩きだしていた。光景は繁雑さを増し、気付けば隣でまた、誰かが挨拶を交わしている。

ドサンやアラシやアニーの記憶は、僕を愉快な気持ちにさせてくれた。お前らみんな元気でいろよ、と思う。携帯電話で確認した時刻は十八時五十六分で、あと四分だ。また辺りを、一人ずつ確認する。

僕はこれから石井さんと十年ぶりに会う。十年後の彼女はどんなふうに変化しているだろう……。見てわからないほどに、僕も彼女も変わっていないと思うけど……。

周りにそれらしき人はいなかったけど、点在する人の向こうに、少し上を見上げて迷っている感じの女性がいて、もしかしたら石井さんかもしれないと思った。

脚が動きだす前に、いや待て、と思った。似てるけど違う気もして、でもやっぱり違わない気がする。

その人がゆっくりとこちらを向いたとき、胸は急激に高鳴っていた。瞬間、その人と目が合い、右手を上げて前に出ようとしてでも、いや待て、と思った。その人の視線も僕を一瞬捉えたけど、すぐに通り過ぎていく。

違ったのだろうか……。

だけどそのとき別の人影が目に入った。人影は視界の左端に、音もなく入り込んできた感じで、でもそれを捉えた瞬間、僕はそれを、完全に、石井さんだと理解した。

少し首を突きだした彼女は、こっちではなくJRのガードの方を見ている。

同じだよ、と少し笑ってしまった。記憶との比較も他者との比較も必要がなく、それは完全に石井さんだった。さっきの人は似ていると思ったけれど、今考えると全然違う。

顔とか体型のことだけじゃなかった。横から見た感じとか、動きの表情とか、それらはうまく説明できないような他との差異なのに、こんなにも鮮やかだ。あんまり同じなので笑ってしまっていたけど、ちょっと感動もしていた。

昨日まで思い浮かべることのできなかったそれらは、目の当たりにすれば、十年の時を超えてこんなにも清《さや》かに甦る。ずっと持っていたかのように取り戻せる。そしてそのことは……、こんなにも嬉しいことなんだな――。

彼女のほうに向けて、僕はゆっくりと歩きだしていた。夜のマリオン前の光景が、歩調に合わせて踊るように揺れる。その中心にいる彼女がくっきりと浮きでて、それ以外が柔らかに溶けていく。

石井さんはまだ、ガードの方を眺めまわしていた。どこ見てんだ、と思いながら、僕の顔はめちゃめちゃ笑っていたと思う。やがて石井さんが僕の気配に振り向き、わっ、という感じに笑う。

「久しぶりー」

先に声を出したのは石井さんだった。

「よ、十年ぶり」

と、僕は言った。はは、と、彼女はちょっと恥ずかしそうに笑っていて、僕も多分、同じような感じだったと思う。

くらくらするような気持ちだった。再会できたことの喜びや、相手が目の前にちゃんといることに感心する気持ち。緊張とかそういうこともあったけれど、それより大きな感情があった。吸い込んだ空気が、胸の奥で少しずつ濃くなっていく。

「……もう少しここにいていい？」

と、僕は言った。

「うん」

顔をマリオンビルの方に向ければ、石井さんも同じ方を見る。

丸い時計を見つめていたけど、頭には今見た石井さんの笑顔が、残像みたいに浮かんでいた。彼女の表情は何というか、嬉しさ九十%に、困惑が十%混ざったような感じで、そうだった、と思った。

彼女は隣の席で笑っているときは心底楽しそうに笑っていたけど、ときどき向き合って笑うときには、口の端だけをちょっと下に曲げるというか、少し困った表情が混ざっていた。だけどそういう細かなことは、昔は認識できなかった気がする。ただ笑ってるな、としか思わなかった。

あの頃、箱の中に何年も一緒にいて認識できなかったことを、今、この十数秒のうちに認識した——。

「誰か待ってるの？」

もう制服を着ていない石井さんは、ベージュのトレンチコートを着て、僕の隣に立っている。

「いや、でもちょっとあれ見て」

マリオンの時計をまっすぐ指さした。文字盤は十九時のほんの少し前を指している。

「……ハミングライフ」

時計の両脇には、映画の手書き看板が並んでいて、石井さんはその一つを読みあげる。

「いや、それじゃなくて、時計を見て」

「うん？」

「三、二、一、」

と、僕はゆっくり数えた。

「なに？」

「……三、二、一、」と、僕は再び数える。

「あ、」と、石井さんは言った。

そのとき十九時を指した円形の大きな文字盤が、ゆっくりと上に動き始めた。おー、と、石井さんが声をあげる。

時計は徐々にせりあがり、かつて時計のあった場所に、丸い空洞ができていった。空洞からは玉に乗った三体の人形が、回りながらせり出してくる。金色の人形はこちらに向かってお辞儀をして、そのあと背後の金管に向き直る。

「凄《すご》い」

ちら、と見た彼女の横顔を、覚えている、と思った。理科教師がフラスコを振って色を変えるのを、感心しながら眺めている彼女の横顔――。数学教師がコンパスを使わずにきれいな円を描くのを、感心しながら眺めている彼女の横顔――。

金管を叩く人形は、軽やかな音楽を奏で始めていた。マリオン前では、多くの人々がそれを眺めている。わー、と声を出す人もいる。

やがて演奏を終えた三体の人形が、こちらに向かってお辞儀をした。隣で石井さんが、人形にお辞儀を返している。

そうだった、と思う。この人は時々、そういうことをする人だった。

「ねえ、なにやってんの？」

「いや、だってほら、挨拶されたから」

「あー、あれだ。石井さんは奈良公園のシカなんだ」

「シカじゃありません」

笑いながらそんな会話を交わした。気付けばもう緊張はなくなっていて、代わりに胸には感動に似た気持ちがいっぱい詰まっている。僕を見る石井さんは、あの頃と違ってメイクをしている。

「だけどほら、挨拶は大事だって、大野先生が言ってたし」

「……大野？」

「うん。何か、挨拶は三大美徳の一つだって」

大野先生って何だろうと思った。タチバナタカマロとかハシモトヒデオとかマスイナオミとかマツシタナントカとか、思いだせる教師の名前に大野というのはない。

「それって誰だっけ？」

「教育実習の先生だよ。二年のときに来た」

「……ああ」

名前も顔も全然覚えていないけど、何かそういうのが来たような気もする。じゃあさ、ドサンって覚えてる？　と、訊《き》こうとして止めた。僕らはもう中学生ではないのだから、こんなところでいつまでもしゃべっていなくてもいい。どこかでビールでも飲みながら、ゆっくり旧交を温めよう。

「よし、じゃあどっか行こう」

「うん。どこ行く？」

「特に決めてないんだけど……」

振り返れば交差点の青信号が目に入って、僕らは自然に、そっちに向かって歩き始めていた。そこが青だったからという理由で、僕らはそのまま交差点を渡る。

信号が点滅し始めたので、僕らは軽く駆けだしていた。歩いたって間に合ったけど、駆けだしたのはそういう気分だったんだろう。

十年間止まっていた時計が今、軽やかな金管の音楽とともに動きだした——。

「ここでいいかな？」

「うん」

渡ったところに、ニュー・トーキョーという店があった。ビルの一階、煉瓦《れんが》造りのビヤレストラン。渡ったところにあったという理由で、僕らはその店に入る。

だから僕らが十年ぶりに出会って初めて入った店は、マリオンの向かいのニュー・トーキョーという店で、時刻は多分、七時〇二分くらいだったと思う。

◇

かちん、とジョッキを合わせるとき、「お疲れさまです」と言いあった。

お疲れさまです——。あれから十年間、僕らには大きな山があって、小さな谷があって、いろいろあって、何ごともなくて、ともかく無事に年齢を重ねてきた。だからともかく、お疲れさまですというのは、たいへん正しい気がする。

仲間と再会できなかったマリオンの代わりに、僕らは目を合わせて笑った。あの頃、毎日一緒に給食を食べていた僕らだけど、乾杯するのはこれが初めてのことで、実は給食と弁当以外のものを食べたり飲んだりするのも、二人だけで会うのも、私服で会うのも、初めてのことだ。

液体が七で泡が三。工場直送だという冷えたヱビスビールを、とても美味しく感じていた。店内を煌々《こうこう》と照らす不思議レトロな照明は、黄が七で白が三くらいの色味をしている。

「腹減ったな」

「私も」

メニューを開いて横向きに置き、それを眺める。

「ビールにピッタリ、小海老《えび》のフライ、六百円」

目についたメニューの一つを、僕は読みあげた。

「いいね」

「新鮮カキフライ、おつまみ仕様です。4ピース、五百円」

「お、いいねえ」

僕らはそれから、目についたメニューを順番に読み上げた。『ドイツの白いソーセージ、ヴァイスブルスト』、『ニュー・トーキョー創業当時人気を博したおつまみの復刻版！　干しだら』、『元祖、黒豚かみかつ』、『ポン酢ドレッシングでお召し上がりください。旬野菜のホットサラダ』。

いいねえ、とか、かみかつって何だ、とか言いながら、順に頼むものを決めていった。

教科書を忘れた中学生みたいに、僕らは二人で一つのメニューを眺めている。

やがて現れた女性スタッフに注文を伝えた。チロリアン風の制服を着た彼女は、愛想良く注文を繰り返し、去っていく。

僕らはビールを飲み、ジョッキを置いた。

「だけどごめんね、シカせんべいはメニューになかったよ」

「シカじゃありません」

と、石井さんは言い、可笑《おか》しそうな顔をする。

「でもシカって何のこと？　シカが挨拶するの？」

「え、奈良公園のシカだよ。彼ら、めちゃめちゃお辞儀するでしょ」

「そうなの？」

「ちょっと待ってよ。何で知らないのか全然わかんないよ。修学旅行のときやってたでしょ」

「えー、全然知らない」

「こうやってシカの頭の上に手をかざすと、お辞儀して、でもそのあとせんべいをやらないと怒って突進してくるんだよ。トーガなんかシカ十匹くらいにカツアゲみたいに囲まれて泣きそうだったじゃん」

「トーガ！」

石井さんは『藤賀《とうが》』の名前を高いトーンで発声し、そのあと爆笑した。

「藤賀くんって凄い懐かしい。転校してきた子でしょ？」

「そう。あいつは三崎屋でコロッケばっかり食ってて、大造じいさんのマネが上手《うま》いんだよ」

うはははは、と石井さんは笑う。大造じいさん、とつぶやいてまた笑う。チロリアンスタイルの女性が、ビールにピッタリだという小海老のフライを運んでくる。

「凄い。トーガくんのこと久しぶりに思いだした」

「おれだってトーガって発声したの何年ぶりかわかんないよ」

嬉しそうに笑う石井さんを眺めながら、僕はビールを飲んだ。

コートを脱いだ石井さんは、淡い黄色のシャツを着ていた。予想していたより素早く、僕は今の石井さんに馴染《なじ》んでいた。こうしているのは予想していたよりも嬉しくて楽しくて、相手もそうだといいんだけどな、と思う。

「こんな感じだよ、」僕は石井さんの頭上に手を伸ばした。

「頭の上に手をかざすと……」

なになに、という顔で僕を見ていた彼女だったが、やがて行われていることに気付いたのか、ぺこん、とお辞儀をした。僕らはまた、二人で爆笑する。

「やっぱり石井さんはシカなんだね」

「シカじゃありません」

僕らは小海老のフライに手を伸ばす。

「ああ、これ、確かにビールにピッタリだよ」

「うん、確かに」

石井さんの顔や声や笑い方は、昨日までうまく思いだせなかったことだけど、目にすれば瞬時に、こんなにも鮮やかに甦る。

引きだされることなく、けれども十年間ちゃんと潜伏していた記憶が甦るのは、〝思いだす〟という言葉でいいのだろうか。それとも〝忘れていた〟なのだろうか。〝覚えている〟と〝忘れていた〟の間には何があるのだろうか——。

「何かさ、石井さんって、笑い方がほんとに変わらないね」

「そう?」

厨房《ちゅうぼう》からは、ドイツの白いソーセージ、ヴァイスブルストが運ばれてくる。

「もの凄く可笑しそうに笑うんだよ。それで笑ったあとも、何かまだ笑ってるんだよ」

「えー、それって気持ち悪くない?」

「いや、そんなことないよ。ちょっと感動的だよ」

実際僕は、懐かしいを超えて感動していて、それは簡単に言うと石井株急上昇ということだ。中学のとき仲が良かった人と再会して恋におちるとか、そういうベタな展開はないと思うけど、ともかく、石井株急上昇だ。

彼女の笑い方は、相手を力強く嬉しくさせる。そういうことは十年前にわからなかったことだけど、今ならわかる。

「おれたち、授業中とか休み時間とか、ずーっとしゃべってたでしょ」

「そうだね」

「何話してたとか、覚えてる?」

「いや、全然覚えてない。岡田くんは?」

「それを先週から考えてるんだけどさ、全然思いだせないんだよな」

「それこそ、トーガくんがどうしたとかそういう話だよね」

「多分な」

僕らはビールを飲み、ソーセージを食べた。ドイツの白いソーセージは、予想していたより柔らかかった。

「おれさ、未《いま》だに一番笑わせたのは、石井さんのような気がするよ」

「そうなの？　だって彼女とかは？」

「彼女とかは一緒に笑うって感じなんだよ。だけどなんかこう、笑わせるとかってのは、ちょっと違うじゃん」

「へえー」

僕は中学生のとき、隣の席の女の子を笑わせまくっていて、たまたまその相手が石井さんだったと思っていた。自分で相手を選んだわけではないし、自分が選ばれたわけでもない。

だけどこうしていてわかるのは、ちょっとこんな笑い方をする人は、あんまりいないということだった。彼女は特別な人だったのかもしれない。

そう考えると、全体的に寒かった中学生の頃の自分の株も、急上昇する気分だ。あの頃、何をしたわけではないけど、僕は笑わせたと思う。内容なんか全然覚えていないけど、僕は毎日、彼女を笑わせた。何もわかってなかったし、何も上手くやれなかったし、中学生活なんて今から考えれば、ただハイテンションに生きているだけで他には何も無かった。だけど僕は彼女の笑顔みたいなものを、大げさに言えば、毎日ちゃんと育《はぐく》んでいたのだ。

ソーセージを食べる石井さんの手元を見ていたら、急に思いだしたことがあった。

「石井さん、その人差し指と親指の間に、小さいホクロがあるでしょ」

「……うん。あるかな」

　石井さんは自分の左手に目を落とす。

「それ、何か覚えてた。覚えてたっていうか、今、急に思いだした」

「へえー」

　彼女は左手の表と裏を確認するように、手を、ひら、ひら、と返す。

「私もね、岡田くんって何かそういう座り方してたなー、って思ってたとこ」

「座り方？」

「うん。なんか偉そうっていうか、だらーって、ちょっと斜め向きに座るの」

「へえー」

　姿勢を直し、僕は小海老に手を伸ばした。自分が感じているようなことを、やっぱり向こうも感じるらしい。

「石井さんは、親子丼できたどーん、って言ってたよね」

「何それ。言ってないよ」

「いや、言ってたよ。給食で親子丼が出ると必ず言うんだよ」

「んー？」

　石井さんは残っていたビールを飲み干し、そのあと何かを考える仕草をした。

「覚えてないんだけど、でも好きなマンガの台詞《せりふ》でそういうのがあるから、多分、言ってたんだろうね」

「へえー」

それがマンガの台詞だとは、十年経って知った新事実だった。つまり出所は、牛丼一筋三百年と同じということになる。

近付いてきたウェイターが、ニュー・トーキョー創業当時人気を博したという干しだらをテーブルに置いた。僕はビールのお代わりを頼み、石井さんはワインを頼む。

「干しだら」と、石井さんは言った。

「干しだら、できただらー」

僕らは同時に吹きだした。面白くなさすぎて、逆に面白かった。

「石井さんさ、もう酔っぱらってるの？」

「ウィンナー、できたナー」

「あのさ、これウィンナーじゃないよ。ソーセージだよ」

ふふ、と笑いながら石井さんは、「あ、」と言った。

「岡田くん、中学のときエビ出さなかったっけ？」

「何それ。エビなんか出さないよ」

「いや、何かエビを出したんだよ。手品みたいなので」

「だっておかしいでしょ。エビなんか持ってるわけないし」

「いや、どうしてかわからないけど、岡田くんはエビを出したんだよ」

「全然覚えてないな」

「私も今、急に思いだした」

「……へえー」

自分がそれを全く覚えていないことが、何だか不思議だった。僕は今までの人生、エビを出したことがないと思っていた。だけどかつて僕は、エビマジックみたいなことをしたらしい。

悪くないな、と思った。あやうく人類の記憶から消え去るところだったそれが、本日、ニュー・トーキョーで甦った。僕がエビを出した瞬間を、石井さんは十年間、一人で守り続けていてくれたのだ。

「だけど何でエビなんて持ってたんだろうな」

テーブルに一匹だけ残った小海老を、僕は見つめる。もしかしたらこいつが石井さんの記憶を引きだしてくれたのかもしれないな、と思う。

「きっと、中学生男子のポケットには、いろんなものが入ってるんだよ」

「まあ確かに、輪ゴムとか、何かの部品とか、そういうものは入ってた気がするけど」

「部品？」

「うん。例えばボールペンを分解するとバネが出てくるでしょ。そういうの」

「……へえー」

「ほら、いつか何かの役にたつかもしれないしさ」

「そうなんだ。役にたつといいね」

「うん、いつかきっとね」

店内の煉瓦の壁にはステンドグラスが配されていて、そこではエジプトの王と王妃が手を取り合っていた。エジプト画の人体の構図は、体が正面向きで、顔と脚は横向きに描かれている。

「でもさ、ライターの点火スイッチは、役にたったよ」

「どうして？」

「あれさ、メダルゲームの投入口でカチカチやってると、クレジットが増えるんだよ」

「へー！」

「あー、思いだした。それ柳に教わったんだ」

「柳くん！　懐かしいね。今何してるの？」

「あいつは……、役所かなんかに勤めてるはずだけど……」

柳と僕らは中三のとき同じグループで、修学旅行も一緒に行った。彼とは高校も一緒だったけれど、クラスも違ってそれほどの交流はなかった。確かやつは地元で、そのまま就職したと思う。

中学のとき、柳と僕はそのカチカチやるスイッチで、街中のメダルゲームからメダルを出しまくっていた。この街のメダルは、全ておれたちのものだと思っていた。

「あとあれだ、おれのポケットには夢が入ってたよ」

「あー、知ってる。岡田くんのポケットには、小さな夢が入ってたよね」

最後に残った小海老を食べ、石井さんは笑った。

「柳のポケットには、ブルースも入ってたな」

「ああ。そんな感じだったかも」

「トーガのポケットは、ガムとか虫とかそんなだったな」

「入ってそう」

石井さんは、ふふふふ、と笑う。どうもトーガというのが、相当可笑しいらしい。

「ねー、そういえばさ。トーガ君って修学旅行の前に骨折したよね」

「そうだっけ？」

「腕にギプスしてたのを覚えてる」

「ああー、わかった。ギプスに、マジックで落書きされてたな」

「あれって、どうして骨折したんだっけ？」

「んー？　全然覚えてないけど」

「何かにひかれたんだと思うんだけど、何にひかれたんだっけ？」

「車とか？　バイク？」

「いやー、そういうんじゃなくて、変なものにひかれた気がするんだけど……」

トーガの顔を思い浮かべながら、僕らはしばらくそれを考えた（トーガのことをこんなに考えたのは、初めてかもしれない）。だけど結局、ひかれるといったら自動車か自転車かバイクか、あとは電車くらいしか思い浮かばなかった。

気付けば二杯目のビールも残り少なくなっていて、また追加を頼んだ。

「ねえ、女子のポケットには何が入ってたの？」

「何だろう……。手紙とか？」

「あー、あの何だか、複雑に折ってあるやつだ」

「そうそう」

すぐに運ばれてきた三杯目のビールに、僕は口を付ける。石井さんはテーブルの上にあった、紙ナプキンを折り始める。

「あとはヘアゴムとか、リップとか、」

しゃべりながらも石井さんは、それを器用に折っている。

「できた！　できると思わなかった！」

複雑に折られた紙ナプキンを、僕は受け取った。ほほう、と感心してしまう。

「あと、うちらのポケットには〝ほのかな恋心〟が入ってたよ」

うははは、と僕らは声を合わせて笑った。他にも例えば〝切ない片思い〟や、〝柔らかな傷み〟や、〝覚えたてのラブソング〟が中学生女子のポケットには入っていたらしい。

「覚えたてのラブソングって何だよ！」

「えー、そういうの男子のポケットには入ってないの？」

「ないな。壊れかけのレディオなら入ってたよ」

僕らはまた笑い、石井さんはワインを追加する。

「石井さんって誰が好きだったの？」

「それは……、名もなき先輩とか、大野先生とか……」

「だから大野ってそんなのいないよ。幻じゃないの？」

「いたよー」

いたかなー、と思いながら、僕は椅子にかけたスーツの自分のポケットをまさぐる。

今の僕のポケットには何が入っているんだろう……。

「……ああ」と、僕は言った。

「おれのポケットには、いまだに部品が入ってるよ」

分厚い五円玉のようなそれを取りだすと、「何それ」と言われた。

「ベアリングだけど……」

回るんだよ、と言いながら、ベアリングの穴にワリバシを差し込んだ。つまんだワリバシをくるくる回してみせると、石井さんもそれをやりたがった。

「ホントだ。凄い凄い」

石井さんはワリバシをくりくりと回転させる。凄いって、何が凄いんだろう……。

「ねえ、これって何に使うの？」

「何って、軸受けだから、回転する機械にならたいてい付いてるでしょ」

「回転する機械？」

「動く機械はほとんど全部だよ。動きの元はモーターなんだから」

「へえー。でもさ、どうしてこれがポケットに入ってるの？」

「幕張《まくはり》で見本市があって、たまたま配ってたのを貰《もら》ったんだよ」

「同じじゃん。岡田くんのポケットの中身は、中学のときと同じじゃん」

「まあ、確かにあんまり変わらないな」

くりくりと弄《もてあそ》ぶように、石井さんはワリバシを回転させる。

「それは石井さんにあげるよ」

「えー、要らない。でも貰う」

石井さんはワリバシを抜いたベアリングをバッグにしまった。

「あ、前にもこんなことがあったかも。何かを岡田くんに貰った気がする」

「そうだっけ？」

考えてみたけど何も思いだせなかった。自分が石井さんに何かをあげたことなんてあっただろうか……。

おれはこれを貰うよ、と言いながら、石井さんの折った手紙を自分のポケットにしまう。

それから僕らは、今の自分たちのポケットに、普段入っているものを言い合った。例えば、レシートとか、クーポンとか、名刺入れとか、フリスクとか、ハンカチとか、それから……。

「〝夢〟とか〝ほのかな恋心〟はまだ入ってる？」

「うーん」と、石井さんは唸《うな》った。

「入ってるけど、ちょっと違うものに変わってるかも」

僕らは整理していった。

〝見果てぬ夢〟や〝折り合い〟、〝ささやかな喜び〟や〝月曜の秘訣《ひけつ》〟。〝ため息〟や〝シーサイドメモリー〟、〝お気に入りのポップチューン〟や〝週末の余韻〟。〝四年目の余裕〟や〝初心〟、〝ガッツ〟や〝経験〟。〝不確かな未来〟や〝遥《はる》かな地平線〟。他には〝文明人の孤独〟や〝果たすつもりの約束〟や〝天使のウィンク〟——、そんなものが、今の僕らのポケットには入っている。

「シーサイドメモリーって何だよ！」

「えー、わかんないけど、入ってる気がする」

「石井さんの〝月曜の秘訣〟を、おれの〝折り合い〟と交換してほしいな」

「〝四年目の余裕〟とならいいよ」

石井さんはにこにこ笑いながらワインを飲んだ（彼女は結構、お酒が強いらしい）。手をかざすと、彼女はぺこんと頭を下げる。

「シカじゃありません」

笑いながらそれをちゃんと言う彼女に、感心してしまう。

「何か十年ぶりとは思えないな」

「そうだねー。懐かしいのはちゃんと十年分あるんだけど」

もしかしたら中学生の頃、僕らはこんなふうに真っ直ぐお互いを見て話すことは少なかったのかもしれない。席を並べて座った僕らは首を少し捻るようにして、屋根の上のスズメのようにさえずり続けていた。

「さっき十年ぶりに石井さんを見て、同じだ、って思ったよ」

「変わらないってこと？」

「うん。うまく言えないんだけど、ああ、ちゃんといるんだ、ちゃんと残ってるんだって思った」

僕らは何かの縁で同じ箱の中にいて、そのあと遠く離れた。それから同じだけの時間を、違う場所で過ごしてきた。

「ねえ、また会おうね」

と、僕は言った。

言っておこうと思っていた。完全に酔っぱらってしまう前に、ちゃんと言っておかねば、と思っていた。

「うん」

と、石井さんは頷《うなず》く。正面から見る彼女は、口の端をちょっと曲げて、困ったような顔で笑う。

「また飲みに行ってもいいしさ、恐竜博に行ってもいいよ」

「きょ、恐竜博⁉」

幕張に行ったとき、たまたま恐竜博の大ポスターを見た。暴君「ティラノサウルス」とか、空の支配者「翼竜ランフォリンクス」とか、覇王の血統「グアンロン」とか、そんなふうに躍る文字に、ちょっと興味をひかれていた。

「おれら昔、修学旅行で一緒に大仏見たでしょ。だったら今度は、恐竜でしょ」

「大仏さまと恐竜は全然違うと思う」

「そう？」

「大仏さまは、化石じゃありません」

大仏は化石じゃないし、石井さんはシカじゃなかった。この人は昔、親子丼できたどーん、と言っていた女の子だ。

「ティラノサウルスってのは、要するに、暴君トカゲって意味らしいよ」

「へえー」

この一週間、思いだそうとして思いだせたことなんか、ほとんどなかった。だけど実際に会ってみると、雰囲気を取り戻すのに十分もかからなかった。全部をいっぺんに思いだせた気がした。

「何か行きたくなってきた。恐竜博」

「よし、じゃあ行こう。空の支配者もいるし」

あの頃は会うのに理由なんか要らなくて、朝の八時半になるとお互いが隣に座っていた。今では会うのに理由がいるし、会うことの意味をちゃんと考えなければならないこともある。でも基本的に、会いたいんだったらいつでも会えばいいと思う。

僕らはまたビールを飲み、まだまだいろんな話をした。不良の伊藤くんのことや、恐怖の体育教師マツシタのこと。先週僕が会った西高の先輩のことや、モデルになったという シゲちゃんのこと。団子の三好はまだあるのか、とか、フリークスはもうないとか、そういうこと。

今の自分たちのことや、この十年のことも話した。

十年を短縮して短いトピックを並べれば、人生は箇条書きのようなものになる。それは、かつて隣にいた人と、今目の前にいる人との空白を、一行一行、埋めていく。

石井さんは西高で演劇部にいて、大道具なんかを作って、ちょっとだけ役者もしたりした。生意気なことに、そこそこモテたらしい。勉強は英語を中心に結構頑張り、大阪の外国語大学に進学した。

大学ではブルガリア語を専攻したらしい。旅行サークルみたいなものに入って、旅行に行くためにアルバイトをしまくっていた。アメリカに留学していたこともあるという。

卒業して大阪の商社に就職した石井さんは、そのまま本社に二年間勤務した。それから東京の支社に転勤したのだけど、そのとき、もの凄く好きだった人と別れたらしい。

東京に来て、そろそろ一年になる。

へえー、と思う。

割と泥臭くやってきた僕に比べると、石井さんの学生生活は随分華やかに思えた（そんなことないよー、と石井さんは言う）。ブルガリアと言えば僕はヨーグルトと琴欧洲《ことおうしゅう》しか知らないけど、石井さんはベアリングを知らないと言う。僕はメーカーで、彼女は商社で、仕事をしている。

ちょっと意外だったのは、大阪色が強い、ということだった。全然知らなかったんだけれど、石井家の母方の家は大阪にあって、実は石井さんは大阪生まれらしい。ちょっと前まで石井さんは、祖父母と三人で暮らしていたという（あと猫の煮豆くんも）。だから彼女はブルガリア語だけでなく、大阪弁もしゃべれる。タコ焼きとイカ焼きが好きだし、ソースの二度漬けは許さないし、肉まんじゃなくて豚まんだという。

それから僕らは、まだまだいろんなことを話した。煮豆くんが生まれた時の話や、発見するのと発見されるのとどっちがいいかという話。ブルガリアでありがとうはブラゴダリャだという話や、地球が生まれて二十四時間だとすれば恐竜が地球を支配したのは四十五分で人間は四秒だという話。それから文章の最後に『東京』を付けると、余韻が生まれるという話。

「あなたに会えて良かったです。東京」

「あ、ちょっと余韻がある」

「夏が終わり秋がきました。東京」

った。

「うん、まあ、余韻があるかな」

僕らは順番に、余韻を競いあった。余韻があることもあったけど、特にないこともあった。


——あなたは全体的にロクデナシだったけど、優しかった。東京。

——野口英世《ひでよ》は人一倍努力して、偉いお医者さんになりました。東京。

——しょっぱい試合ですいません。東京。

——誰かに向かって、確かな物語を紡ぐこと。東京。

——人間の体の七十％は水分です。東京。

——水産庁は国内の水産物の残留カドミウム調査結果を公表しました。東京。

——炭坑の中のカナリアが歌う。東京。

——少しずつため息を覚えていきました。東京。


気付けばもう、二十二時を過ぎていた。かなり酔っていたし、お腹も満足していたし、駆け足だったけどたくさん話もできた。名残惜しくはあるけれど、それで余裕をもってお開きにしていればよかったのかもしれない。ちょうど余韻もできたことだし。

だけどそのとき僕らは、終電までまだ少しある、と考えていた。もう少しだけ飲もうか、という話になり、じゃあ別の店でということになった。そのときはまだ、何時間かあとに自分たちに起きることを、考えてもいなかった。

「ハイボールの美味しい店なら知ってるな」

前に門前さんと行ったバーみたいなところを、僕は思いだした。

「じゃあ、そこに行こうよ」

「そうするか」

会計を済ませ、僕らはふらふらとニュー・トーキョーを出た。

外では金曜の夜の喧噪《けんそう》が、車の光やネオンと一緒になって、うねるように響いていた。細い道に入ると、音が背中ごしに小さくなっていく。夜の東京を石井さんと二人で歩いているというのは、何だか不思議な感じだ。

「私、有楽町なんて初めて来たかも」

「へー。普段はどこで人と会うの」

「渋谷《しぶや》とか下北《しもきた》とかかな」

まばらな街灯が、ときに僕らの影を作った。通り過ぎた小さな公園には、トゲトゲの樹木のような奇妙なオブジェがある。酔った体に、風が気持ちよく吹く。

泰明《たいめい》小学校の前を歩いていた。右斜め前に、フランス風の校門が見える。

「この小学校、関東大震災の後に建てられて、そのまま残っているらしいよ」

「へえー」

街の喧噪はもう遠く、声はくっきりと夜に響いた。

「校舎の窓がアーチ型になってるでしょ」

「どこどこ？」

門のところで足を止め、石井さんは校舎を見上げた。上のほう、と、指をさす。

校門の先は小さな校庭で、その向こうにレトロな校舎が建っていた。彼女はじっとそれを見つめる。その横顔を、僕は見つめる。

「……本当だ」

前を見たまま、石井さんは言った。そのあと顔を戻し、こちらを見る。

それから僕らは、また歩きだした。今までよりもゆっくり歩いていた。黙ったまま前だけを見つめて、僕らはその夜を歩く。

今、目があった彼女の顔を思いだし、ちょっとどきどきしていた。石井さんは何を考えているのだろうと思ったら余計に緊張してきた。もしかして石井さんもどきどきしているんだろうか……。だけどこんなふうに、どきどきしてもいいんだろうか……。

十年ぶりに会った石井さんを、ニュー・トーキョーにいたときから、可愛いな、と思っていた。肩を寄せれば、すぐ彼女に触れてしまう気がして、右半身を中心に緊張が高まっていく。

前だけを見つめていたから、彼女がどのくらい近くを歩いているのかわからなかった。僕は彼女の位置を確認するように、歩く速度をおとした。えい、と思ったのかもしれない。もういいや、と思ったのかもしれない。そのときの自分の動きを、スローモーションみたいに覚えている。

僕は石井さんの手を握っていた。

手を繋《つな》いだまま、僕らは黙ってその夜を歩いた。十メートルくらい歩き、また十メートルくらい歩いた。どきどきしていた。結構固く彼女の手を握っていたと思う。石井さんの手は冷たくて、想像よりも小さかった。

「ねえ、」

と、石井さんは言った。

「心臓が飛び出そうなんですけど」

「あー、ごめんごめん」

石井さんが声を出してくれたおかげで、僕は彼女の手を柔らかく握り直すことができた。

「何か手を繋ぎたいなと思って」

馬鹿みたいな発言をして、僕はゆっくりと手を前後に揺らした。それで僕らはようやく、仲良し、という感じに戻れたのかもしれない。完全に、じゃないけれど。

「でも、手繋ぐのって初めてじゃないよ」

彼女は柔らかに、僕の手を握り返す。

「そうだっけ？」

「フォークダンスのときに繋いだ」

「あー」

石井さんは、ちょっと吹きだすように言った。

「覚えてる？」

「ぐいー、って腕を捻《ひね》りあげられたんだよ」

「何が？」

石井さんはそのときのことを説明してくれた。腕を組んで進んで、そのあと向き合って、手をぱちんと合わせて、右手を取り合って、斜め前、斜め後ろ、とステップして、最後に女の子が、くるん、と回る。そのときに僕がイジワルして、右手をぎゅっと握ったままにするものだから、石井さんの腕はぐるんと背中のほうで捻りあげられる。

「えー、そんなヒドイことしないよ」

「したよ！」

「本当に？」

石井さんは道の真ん中で実演してくれた。

僕らは通りの真ん中で、手を取り合う。そのまま握っててね、と石井さんは言う。高く掲げた僕の腕の下で、彼女は、くるんと可愛らしく回る。だけど僕がぎゅっと手を握っているものだから、自動的に腕を捻られてしまう。

うはははは、と笑いながら、僕らは、そこで自然に手を放した。

こういうとき実は、手を繋ぐタイミングよりも放すタイミングのほうが難しくて、でも僕らは、こんなふうに素敵な感じに手を放すことができた。

「これは、相当イジワルだな」

「そうだよ。岡田くんは私にだけ、こういうことをするんだよ」

「それは多分、石井さんが特別だったんだよ」

「んー、でもさ、例えば白原さんにはしないでしょ？」

「……ああ」

白原さんというのは、中三のとき僕らと一緒のグループで、柳の隣に座っていた女の子だった。僕らは四人のグループで修学旅行にも行ったから、単純に例として、石井さんはその名前を出したんだと思う。

この十年、白原さんという単語を、誰かから聞いたことはなかった。思いだすことだってほとんどなかった……。

僕らはまた並んで歩き出した。

「……ブラダコリャ」

「何それ？」

「中学のときイジワルして、ごめんなさい」

「あのね、二重に間違ってるよ。まずブラダコリャじゃなくて、ブラゴダリャだし。意味は、ありがとう、だし」

「そうだっけ？　あ、ここだ」

気付けば目指す店は目の前だった。小さな木製のドアにOPENの札がぶら下がっている。

ドアを開けると、店内には十人くらい客がいた。カウンターの端の席に、僕らは座った。今度は中学の頃のように、隣同士に並んで。

感じ良く笑うバーテンダーにハイボールを頼むと、すぐに大量の落花生が出てきた。

――乾杯。

やがて出てきたハイボールで、僕らは小さく乾杯した。それからさっきよりも静かにしゃべった。落花生を割り、口に放り込み、ハイボールのグラスを眺めながら。東京。

「きれいだね」

と、石井さんは言った。

薄い琥珀《こはく》色の液体には、大きな丸氷が一つ浮いていた。細かい粒の泡が、氷のふちを伝って、ふつふつと液面に顔を出す。丸氷をつつくと、跳ねるように上下する。

「……氷が水に浮くのって、本当は凄いレアなんだよ」

「何が？」

「他の液体だったら、凍れば沈むはずなんだよ。液体が固体になるわけだから、普通、密度が大きくなるでしょ？」

「ぎゅって縮むってこと？」

隣の席の石井さんは、おにぎりを握るような仕草をする。

「そう。でね、もし水が他の物質と同じで、固体になって重くなるんだったら、氷が沈むでしょ？　そうすると例えば、北極の氷は沈んで、下からどんどん冷やされて大きくなって、地球は氷に覆われちゃうんだよ。氷が水に浮いてるから、助かってるんだよ」

「……そっか」

彼女は小さく微笑み、ハイボールを飲んだ。

「……ねえ、」

と、石井さんは言った。

「さっき突然思ったんだけど、」

「うん」

「もしかして岡田くんって、白原さんのこと好きだったの？」

「え、何で？」

「今までそんなこと考えたこともなかったけど……さっき急にそう思った」

「急に？」

「うん。図星だった？」

「うん」

「いや、あのさ、」

「いや、やっぱりいいや」

「なになになに？」

石井さんは興味津々に、僕の顔を覗き込んでくる。

「うーん」

と、僕は言った。女の子って凄いな、と思う。いつの間にかハイボールのグラスは、氷だけになっている。

「あのさ、おれ、中一のときに白原さんにフラれたんだよ」

「えー！」

店に入って一番大きな声を、石井さんは出した。バーテンダーがちら、とこっちを見たので、何でもない顔をしてハイボールのお代わりを頼む。

「ちょっと、それ、めちゃめちゃびっくりだよ」

石井さんは声を潜めた。

「……全然知らなかった」

それから僕らは、しばらく黙った。新しいハイボールが出てきたとき、石井さんもお代わりを頼む。

「誰かに話すのって初めてなんだよ。多分、白原さんもしゃべってないだろうし」

何だろう、と思った。酔っぱらっていたからかもしれないし、相手が石井さんだからかもしれない。ずーっと誰にもしゃべらなかったことを、こんなところで、こんなふうに話すのは、とても不思議な感じだ。

「まあ、思春期のアレだよ」

「思春期か……。あれはめんどくさかったね」

「そうなんだよ、今考えれば謎なんだけど、何かいろいろ苦しかったな」

落花生を割り、中身を口に放り込む。何をしゃべってんだろうな、と思った。僕はこんなところで何を語っているんだろう……。

「中一の冬に、突然告白しようと思ってさ。その後どうしたいかはわからないんだけど、告白したら楽になるかもしれないっていうか、とにかく告白しようって思ったんだよ。前日まではそんなこと考えもしなかったんだけど、でもその日のうちに手紙を書いて、郵便で出したんだよ」

「へえー」

「それから一ヶ月くらいは、もの凄く緊張してたな。返事が来ると思ってたから。半年以上経ってから、ああ、返事はもう来ないんだなって理解したんだけど」

「それって、気まずくなかったの？」

「すぐクラス替えだったから」

「へえー」

「何か多分、自分がこんなに好きなんだから、向こうが自分のことを好きじゃないわけがないっていうかさ、そういうふうに思ってたんじゃないかな。実際白原さんはおれのこと好きじゃなかったんだけど、そういうことが実感として理解できなかったんだと思う」

「ふーん」

「ちょっと今、おれ、凄い恥ずかしいんだけど」

「いや、わかるよ。みんなそんなもんだよ」

僕らは顔を見合わせて少し笑った。

「でもね、一年くらい経ったら、霧が晴れるみたいにね。何でおれはあんな固執するみたいに好きだったんだろうなって思ったんだよ。他の誰かのことを好きになったら、彼女のことを忘れるのかなって、ぼんやり思ってたんだけど、そうじゃなかったな。ただ霧が晴れるみたいに、そういう気持ちがなくなった」

「へえー」

その話は、十年以上語られなかったことで、熟成された寓話《ぐうわ》のようなものになっていたのかもしれない。僕の記憶の隅で、じっと誰かに話されることを待っていたのかもしれない。

「中学生になった頃って、女子とうまくしゃべれなかったんだよ。だけどそういうことも、同じ時期に霧が晴れるみたいに無くなっていってね。だから、おれらが仲良くなったのって、その頃でしょ？」

「……ああ」

「中三になって白原さんが同じグループになったときはちょっと驚いたな。もう好きとかは全然なかったけど、さすがにうまくしゃべれなかったよ。でも少しは会話してたでしょ？」

「うん」

「石井さんとおれがしゃべってるの聞いてさ、白原さんがときどき笑うんだよ。嬉しそうに。それが何か、『ごめんね、でも良かったね、岡田くん』って言われてるみたいな気がしたな」

「へえー」

僕は少しだけ黙って、グラスを見つめた。何だかとてもしゃべりすぎた気がした。酔っていたからかもしれないし、この一週間の偶然や奇跡のせいかもしれない。何だかとてもしゃべりすぎた気がした。

「……石井さんって、白原さんとあんまり仲良くなかったの？」

「いや、そんなことないけど、彼女、おとなしい人だったから」

「柳とはしゃべってたっけ？」

「んー、そうでもなかったと思う」

僕らはまた少し黙り、それぞれ前を向いて、ちびり、とハイボールを飲んだ。

「中学生ってちょっと成長の差があるでしょ？　彼女は私たちより少し、大人な感じがしたな」

「あー、そうだったかも」

「あと白原さん、よく風邪をひいて学校を休んでた。私は全然風邪ひかなかったから、よく覚えてるの」

「ああ」

「それで三つ編みが凄く似合ってて、可愛かったの覚えてる」

「んー、そんなときあったっけ?」

「あのね、一日だけ三つ編みだったの。白原さん、結構長く学校を休んだときがあって、それで休み明けの一日だけ、三つ編みにしてきたんだよ」

「へえー。よくそんなこと覚えてるね」

「うん、だって可愛かったんだよ。あと印象に残ってるのはね、」

石井さんは遠くを見るような目つきになった。

「修学旅行の帰りに、白原さん、新幹線の中で号泣したんだよ」

「あー!」

僕は少し大きな声を出してしまった。

「覚えてる。あれってどうして泣いてたの?」

「わからない。私、彼女のこと大人だなーって思ってたから、凄く驚いたんだ。何か説明のできない、大変なことが起こっている気がした」

「へえー」

コースターについた丸い輪っかを、僕はしばらく見つめる。

「あの頃は、他人が何考えてるかなんて、全然わからなかったな」

「……そうだね」

ハイボールの泡のような声で、彼女は言った。

「私、岡田くんのことも、きっと全然わかってなかったんだろうな」

僕は前を見たまま考えた。僕は石井さんのことをわかっていただろうか……。

多分、全然わかっていなかったと思う。あんなに仲がよかったのに、僕らはお互いのことを、何もわかっていなかった……。

僕らはそれからまた、いろいろなことを話した。ハイボールも何杯か飲んだし、落花生もたくさん食べた。あまり覚えていないこともあるし、覚えていることもある。

「ねえねえ、岡田くんは何で白原さんのこと好きになったの？」

「あー。小学生のとき、白原さんがお祭りの夜店で、金魚すくいしてたんだよ」

「うん」

多分、この世には偶然と奇跡と陰謀しかない。少しの偶然と、少しの奇跡と、少しの陰謀が重なって、僕と石井さんは再会した。僕らはもう中学生ではないから、こういうことが貴重だとわかるし、大切にすべきことだとわかる。

「ん？　それで？」

「いや、それだけだよ」

「それだけって何？」

「意外なところで会うと、どきーんとして好きになっちゃうでしょ」

「ならないよー」

「なるんだよ。小学生男子は意外なところで女子に会うと、好きになっちゃうんだよ」

いつだって世界は不確定に満ちていて、木についている葉っぱがいつどのような軌跡を描いて地面に落ちるのかさえ、誰にも言い当てられない。因果はめぐるように見えるけど、世の中の事象は全部、確率の雲として揺らいでいる。

「そっかー。私も意外なところで男子と会うようにしよう」

「それがいいよ。市立図書館とかが、狙い目だよ」

「あー、あと市民プールとか」

「いいね。どきーんとするよ」

だけど中心にあるものが同じならば、二つの遊星はいつか大接近するだろう。このあとすぐ、僕らは、ちょっととんでもないことをしてしまうのだけど、後悔とかは全然なかった。僕は石井さんと再会できて、本当に良かったと思う。それはとても嬉しくて、とても大切なことだったと思う。

あのとき始まったことのすべてを大切にしたい、そんなふうに感じるのは奇跡みたいなことだと思うから。

第　二　章

修学旅行

木曜の夜、番組ではマリオンという名のゾウガメを紹介していた。ちょっと熱っぽいな、って私にはわかっていた。だけどそのテレビ番組にくぎづけだった。

その日は午後から、何となく体がだるいような気がしていた。風邪なのかな、と思ったのは、五時間目の国語の授業中のことだ。

こー、きー、くる、くる、くれ、こい――。

呪文《じゅもん》みたいなことを、その授業では繰り返していた。それはカ行変格活用というもので、未然↓連用↓終止↓連体↓仮定↓命令なのだという。来ない、来た、来る、来る時、来れば、来い、と語尾は変化する。

風邪……。

机についたキズ（梅という文字が彫ってある）をぼーっと見つめ、私は耳を澄ませるようにした。それから少しずつ、体の内側へと、意識を落としていく。

神経を研ぎ澄ませ、体の隅々をチェックした。腕は……、大丈夫。足下は……、大丈夫。背中は……、首は……、大丈夫。

だけど右肩の下に、すっとラインを引くように寒い感じのする箇所があった。これは風邪のサインなんだろうか……。だけど体を起こせば、その感覚も霧のように消えてしまう。

こー、きー、くる、くる、くれ、こい――。

もう五月だし、と私は思った。今さら風邪ということもないだろう。これはきっと気のせいなんだろう。

風邪をひくことは、きっちり人生の損失なんじゃないかと私は考えている。だってそのことには、周りの人にも自分にも、何一ついいことがないのだ。避けられるのなら全力で避けなければならないことだし、避けられないのはとてもしょっぱいことだ。

なのに私は、よく風邪をひいて熱を出してしまう。

眠たげな授業は、その後も続いた。しー、しー、する、する、すれ、せよ、はサ行変格活用。けー、けー、ける、ける、けれ、けろ、は下一段活用。

今まで自然に使っていた言語に、そんな体系があるというのは不思議な感じだった。だけど動詞の活用にはいくつもの種類があるのが残念かもしれない。あ、い、う、う、え、え、という五段活用だけだったら、法則としてとても美しかったのにな。

教室の一番端の席で、板書をノートに写していた。ここからはいつも、クラス全体が見渡せる。このクラスの三十五人全てに先生の言葉が届くといいなと思うけど、みんなの背中はとても眠そうだ。

きっとそのときはまだ、風邪の一歩手前という感じだったんだと思う。授業が終わって、教科書をカバンにしまってからも、特に何ということはなかった。学校から帰ってシャワーを浴びたら、体も気持ちもとてもすっきりした。

その日はお母さんの帰りが遅くなる日で、先に夕飯を食べてしまおうと思った。母は最近、夜遅くに私が何かを食べることを好まない。仕事で遅くなったときの彼女は、帰ってきてすぐにシャワーを浴び、そのあと私が作ったおかずを食べながら少しお酒を飲む。そうして私と話したりするのが、最高の幸せなんだという。

だから私は一人、ごはんを炊き、小松菜のみそ汁を作る。にんにくの芽と豚肉を炒《いた》め、作り置きのきんぴらごぼうを温める。それらをテーブルに運び、テレビを眺めながら一人で食べる。

時刻は八時を過ぎていた。夕食を終えたので、お湯を沸かしてほうじ茶を淹《い》れた。ほうじ茶は鼻先にふわりと良い香りを残し、喉《のど》をまっすぐに伝って、胃へと落ちる。

一通り番組をチェックして、音楽番組を選んだ。番組は全部で八つあるんだけど、そのどれを選ぶかで、人間は八つの種類に分かれる。

そうやって分かれた一つの種類の人間に向かって、出演アーティストは熱唱する。全ての代弁者が代弁してしまった全ての言葉の、その先にあるかもしれない言葉を模索しながら。

私は黙って、それを見つめる。やがて音楽番組はエンディングを迎える。

リモコンを握り、チャンネルを順に変えた。CMの局を飛ばし、ドラマを飛ばし、ニュース番組のところで、操作の手を止める。画面ではいくつかのできごとが簡潔に紹介され、そのあといくつかのスポーツ結果が紹介される。ニュース番組が終わると、きらきらした音楽とともに、サイエンス番組が始まる。

残ったほうじ茶は、もう冷めてしまっていた。あんなに熱かったお茶が冷めてしまうのは、何だか物体の死みたいだと思う。これ以上温度が上がったりも下がったりもしないお茶は、さっきまでと違って〝永遠〟を含んでいる。

軽く首を振ってみたら、頭の後ろのほうに普段感じない芯《しん》のようなものを感じた。風邪……？　だけどそれから私は、テレビにくぎづけになってしまった。

サイエンス番組は、長寿の動物特集だった。近くにあったお母さんのシャツを重ね着し、私は椅子の上で体操座りをする。

鶴は千年、亀は万年、という話からその番組は始まった。

当たり前だけど実際には、鶴も亀もそんなには長生きしない。鶴だと八十年くらい生きた例があり、亀だと二百年近く生きることがある。

フランス軍のペットだったという、マリオンという名のゾウガメを、番組では紹介していた。のそーり、のそーり、のそのそ、のそーり。マリオンは百数十年、孤独に生きた。

それからコイが百年くらい、シロナガスクジラが百五十年くらいと、長寿の例が紹介されていった。驚いたのは、ウニが二百年以上生きるということだった。どうしよう、と思った。二百歳のウニはつまり江戸時代生まれということで、間違ってそれを食べてしまったら、私はどうすればいいんだろう……。

それからアイスランドの海にいた貝を調べてみたら、四百十歳だった、という話にものけぞってしまった。貝殻の表面には木の年輪のように、毎年一本、模様が刻まれる。それを数えることで貝の年齢がわかるらしい。

四百十歳……。

そのハマグリがこの世に生まれた頃、ニッポンの関ヶ原では、天下分け目の戦いが行われていた。シェイクスピアは『ハムレット』を執筆中で、ジョルダーノ・ブルーノは、『地球ではなく太陽が宇宙の中心である』と主張して火あぶりになった。でも太陽じゃなくて、そのハマグリが宇宙の中心でもおかしくないくらいだ。

そのあとさらなる衝撃に、私の脳天は痺《しび》れた。

ベニクラゲという、小さなクラゲの話。それは日本のどの海岸にもいる、白くてふわふわした普通のクラゲだけど、寿命が何億年だという。というよりほぼ無限の寿命なのだという。驚！　え――！

普通のクラゲは産卵すると、死んで海に溶けてしまう。だけどベニクラゲは産卵の後、赤い部分が溶けずに残る。その部分はやがて若返って、ポリプというクラゲの幼生に戻り、再び成長を開始する。

そして成体となり、また産卵し、また赤い部分になって若返る。再び成長して産卵し、そのあとまた若返る。何度でも、何度でも、何度でも。不死鳥のように——。

くらくる、くらくる、と私の頭は回った。

それって一体、どういうことなんだろう……。

肉体が若返るというのは、冷めたお茶が自然に熱くなるようなことと同じで、時間の流れに逆らうようなことだ。成長とともに刻まれた個体の記憶は、若返った後、どこに行ってしまうのだろう……。

番組ではそれから単細胞生物などについての話が始まった。分裂して増える彼らは、無限に生きているともいえる。寿命という概念が、あてはまるのかどうかわからないけれども。

分裂、と私は思った。分裂して増えた後の個体も、それは元の細胞が分裂しただけだから、元々の本人自身だ。

一匹が二匹になっても、その二匹とも、最初の一匹自身。二万匹が四万匹になっても、彼らは全て最初の一匹そのもので、君もあなたも彼も彼女も、私自身だ。自分が死んでも、自分自身は、まだまだたくさん生きている。

命って何なんだろう……。生きるとはどういうことなのだろう……。

くらくるくらくる、くらくるくらくる。

やがて壮大なテーマ曲とともに番組は終わり、私は呆然《ぼうぜん》としながら残ったお茶を飲んだ。冷たいな、と、小さく思いながら。

私はその番組にくぎづけだったのだけれど、頭の隅のほうでは、しまったなあ、と思っていた。だって何だか、頭が重いし、少し寒気もするし……。

あーあ、と思う。結局、風邪をひいてしまった。それはとてもしょっぱいことで、私は自分にがっかりしてしまう。

風邪をひいたときはいつも、次こそは、と思う。ひいてからでは遅いから、通常の状態と風邪の間にある、紙一重の時間が重要だ。その瞬間を見切ることができたなら、しょうが湯を飲むとか、あったかくして眠ってしまうとか、何らかの対策によって、風邪を追い払うことができるはずだと考えている。

だけどそんなことがうまくいったことは一度もなくて、いつも風邪になってから、あったかもしれないその一瞬を思い返す。今度こそ注意しようと思うのだけれど、その瞬間を見切れたことはない。

今日で言えば、それは国語の授業中だった。あのときすぐ保健室に行っていれば、こういうことにならなかったかもしれない。テレビを見始めたときでも遅くはなくて、体を温かくして素早く寝てしまえばよかったのかもしれない。

多分、私にはまだまだ、経験のデータベースが足らないのだ。考えてみれば私はまだ十四歳で、物心ついてから風邪をひいたことが、そんなに多くあるわけじゃない。

テレビでは天気予報が始まっていた。咳《せき》は出ないけど、何だか本格的に寒くなってきた気がする。膝《ひざ》の上に顔を伏せて、これからどうすればいいかと考える。

このまま寝てしまったほうがいいだろうか……。薬は飲んだほうがいいんだろうか……。もう一枚服を着たほうがいいだろうか……。今さらだけどうがいをしたほうがいいんだろうか……。明日は学校に行けるのだろうか……。

急に不安になって、泣きそうな気分になってしまった。手の甲が特に冷たい気がして、シャツの袖《そで》を引っ張る。そのまま腕を組むようにして丸くうずくまれば、いつの間にか、肩や肘《ひじ》も痛む気がした。ぴっ、ぴっ、ぴっ、ぴーん、と、時報の音が聞こえる。

背中のほうで、がちゃり、と音が鳴った。それは玄関の鍵《かぎ》が開く音で、母が帰ってきたのがわかった。

「ただいま」

部屋に入ってきた母の顔を、振り返って見つめる。

「あれ、どうしたの？」

足を止めた母が、私の顔を見た。そんなに一目でわかるほど、私は弱っているのだろうか……。

「ごめんなさい。風邪ひいちゃったかも」

「あら……。でもどうして謝るの？」

荷物を降ろした母は、洗面所に向かった。水道の流れる音が聞こえ、やがて途切れる。たらららららららららららららら、と、うがいする音が聞こえた。母のうがいする音は、普通のそれよりも高い。高すぎるんじゃないか、と思う。

「熱は測ってみたの？」

大きな声が聞こえた。

「……測ってない」

小さな声で私は答えた。どうして今まで、熱を測るということに気付かなかったんだろう……。洗面所から戻ってきた母が、私のおでこに手をあてる。手を洗ったばかりの母の手が冷たくて柔らかくて、気持ちが、すう、とする。

お母さん、と、私は思う。少し、しゅん、とする。

「熱あるかもね」

体温計を取ってきてくれた母は、温度表示のところを見つめた。ぴ、と音をさせ、それから団扇《うちわ》を煽《あお》ぐように、電子体温計を振る。

受け取ったそれを、私は脇に挟んだ。

何年か前、どうして体温計を振るのか、と母に訊《き》いたことがあった。ああ、と母は笑い、つい、と答えた。儀式みたいなものかな。水銀の体温計と違って振らなくていいことは知っているけど、何となく振ってしまうらしい。

だけど、いいな、と私は思っている。私は今後、電子体温計を使うときでも、それを積極的に振っていきたいな、と思っている。

「ごはんは食べたの？」

「うん」

「これ、作ってくれたの？」

「作ってるときは、まだ平気だったから」

「ありがとう。でも、無理しなくてもいいのに」

ぴぴぴぴ、と音が鳴った。表示を見てみると三十七度七分とある。

眠りなさい、と母は言い、少し笑った。水分を摂《と》らなきゃね。ホットレモンを作ってあげるから、それを飲んで、今日はあったかくしてもう寝て、明日熱が下がらなかったらお医者さんに行きなさい。

はい、と私は応える。部屋に行って、パジャマに着替え、布団にもぐった。しばらくすると、母がホットレモンを持ってきてくれる。

「喉は痛まない？」

「うん」

一口飲んで、美味《おい》しい、と思った。

「あのね、ベニクラゲは死なないらしいよ」

「へえー」

母はベッドの隅に座って、私の顔を見た。

「治ってから、また続きは話すけど」

「うん」

と、言って母は微笑んだ。

「それがいいよ」

ホットレモンは胸をいっぱいに温めてくれた。グラスの口からは白い湯気が立ち上って、底のほうでは蜂蜜《はちみつ》が対流して、薄い影がうねっている。風邪をひいたときに母が作ってくれるホットレモンや、しょうが湯や、おかゆや、野菜スープ。あったまって、体に優しくて、滋養がある気がして、いつもとても美味しい。

飲み終わった私は、また布団にもぐった。

「かわいそうに……」

私の前髪を斜めに流しながら、母はそんなことを言う。

母は風邪をほとんどひかなかった。土日に寝込むことはあるけれど、風邪で会社を休むなんてことはまずない。うちのお母さんは頑張ってるんだな、と思う。

なのに私は……。

「ごめんね」

「だから、どうして謝るの？」

母は笑いながら、私の頭を撫《な》でた。母は少し寒くなると、必ずマスクをして家を出るし、うがいと手洗いも欠かさない。疲れているときは早めにお風呂《ふろ》に入って、早めに眠っている。

「じゃあ、おやすみね」

「うん」

それなのにごめんね、と私は思った。こんなあったかい時期に風邪をひくなんて、私はまだまだ未熟で、本当にごめんなさい。

結局、それから熱はさらに上がってしまった。

次の日には喉が痛くなって、その次の日には鼻がつまって呼吸が苦しくなった。薬を飲んでも、熱はほとんど下がらない。

日中は一人、部屋で眠った。起きるとトイレに行き、なるべく多く水分を摂り、お母さんが作っておいてくれたおかゆを食べた。あとは布団にもぐってラジオを聴いていると、いつの間にか眠っていた。夜は寝苦しくて何度か目覚め、そのたびにトイレに行き、また眠る。

金曜が過ぎて土曜になり、日曜が終わると月曜になった。

眠って汗をかいて、トイレに行って着替えると、かなりすっきりするのだった。だけど熱は下がりきらなくて、その度にがっかりしてしまう。今まで風邪をひいても、こんなに長引くことはなかった気がする。

だけど火曜の夕方に目覚めたとき、今度こそ、という予感があった。熱を測ると、確かに平熱に戻っている。ほっとしたら、また眠ってしまった。

丸五日間、私はほとんど寝ていたと思う。どうしてこんなに眠れるんだろう、というくらい眠っていた。水曜の朝、起きだした私は、生還したと思った。

「おはよう」

久しぶりに立ち上がってお母さんに挨拶《あいさつ》する。

「おはよう。もう大丈夫なの？」

「うん」

だけど眠りすぎて、体も頭もふわふわしていた。リハビリというわけではないけれど、今日は学校を休むことにした。

「お風呂にも入ってないから、もう一日だけ学校休むね」

「そう。じゃあ、ゆっくりしてなさいね」

確認のため、私は一応、体温を測った。ぴ、と音を鳴らして。そのあとタクトみたいに、体温計を振って。

三十六度一分、と出た表示を見せたら、母は嬉《うれ》しそうな顔をした。

「今日、カレーを作ってもいい？」

「いいけど、無理しないでね」

今日の夜はお母さんとカレーを食べて、話をしようと思った。思いだせないけど、話さなきゃいけないことがあった気がする。

母を会社に送りだし、ゆっくりとお風呂に浸った。顔を洗うと、何日分かの垢《あか》がぼろぼろと取れて、脱皮したような気分だ。『あか太郎』という昔話を、思いだす。

お風呂に全然入らない物ぐさなおじいさんとおばあさんは、何十年ぶりかにお風呂に入りました。あんまり垢が落ちるので、おじいさんは、その垢で人形を作りました。するとそれが動きだしたので驚いてしまいました。あか太郎と名付けられた彼は、ごはんを一杯食べたら一杯分、野菜を食べたらその食べた分、きっちりと大きくなっていきます。やがて成長したあか太郎は旅に出て、鬼を退治して戻ってきたのです。めでたし、めでたし、と、その話は終わった気もするし、そうじゃなくて彼は最後、お風呂に入って溶けてしまった気もする。

どっちだったかな、と思った。お母さんに訊いてみたらわかるだろうか？　それから……、と、私は母に話さなきゃならないことを思いだした。不死鳥みたいなベニクラゲのことや、四百十歳の貝のことや、最後の一匹になって生き続けたマリオンのこと――。今夜、カレーを食べながら、話そう。

お風呂から出ると、とてつもなくすっきりとしてしまった。体の表面も内側も、新しく生まれ変わったみたいだ。

それから、ごはんを食べて、洗濯をして、勉強をした。受験勉強用に学校で配布されたワークブックを、リビングに持っていって少しだけ進める。かつて習った単元の解説を眺めていると、先生が説明したこととか、クラスメイトが発言したこととか、当時のことを少し思いだす。中学生活もあと十ヶ月というのは、何だか不思議な気持ちだ。

これを機会にしよう、と、私は思う。

一週間学校を休んだこと。久しぶりにお風呂に入って、生まれ変わったような気分になっていること。もう少しで中学生活も終わりだと思ったこと。そんなことが小さくても、何かのきっかけになればいい。

鏡を見ながら、髪を三つ編みにしていった。明日はこのまま学校に行こう、と急に心が定まる。

一体何年ぶりなんだろうか、と思った。私は今まで、髪型を変えることさえできなかったのだ。

母と二人の生活をしっかり守る、そのことしか今の私にはできない。だけど本当は、それ以外のこともできるはずだってことを知っている。

あと十ヶ月を注意深く、何も間違えることなく、全ての時間を大切にしよう。誰かの期待に応《こた》えたり、自分の希望を放ったりはできないかもしれないけれど、できることは全部やろう。できなかったことは、高校生になってから、ゆっくりやればいい。

明日私は一週間ぶりに学校に行く。何年かぶりに髪型を変えて。

午後四時になり、三つ編みの私はカレーを作った。

透明なあめ色を目指して、タマネギをくちゅくちゅねちねちと炒める。たくさんあったタマネギは、黄金色のペーストになって、今はもう鍋《なべ》の端に集められるほど少ない。

それを見守りながら、焦げないように、へらでかき回し、もう少しかな、なんて考えるのはとても楽しい。

人生であと何回、タマネギをあめ色に炒めることができるだろう――。

そのとき何故だか、そんなことを考えていた。

◇

一週間ぶりってのは、どれくらい久しぶりなんだろう。一週間ぶりの学校は、何だか眩《まぶ》しい感じがした。

朝の会が始まる前、私の顔を見た柳くんは、お、という顔をする。私はちょっと頷《うなず》くようにしたけど、でもすぐに目を伏せてしまう。柳くんはそのまま私の右の席に座る。彼は座ったあと必ず、二、三回、足をぶらぶらとさせる。今朝もそれをするのを、私は一週間ぶりに確認する。

それから岡田くんが右斜め前の席に座った。座る前に、ちら、とだけ私を見た気がするけど、目を伏せていたのでよくわからない。

岡田くんを思うとき、私はいつも、ごめんなさい、という気持ちになる。私はもちろん岡田くんのことが好きだけど、でも恋とかはまだ全然わからない。ごめんなさい、と思うのは、そのことが全然伝わってないと思うからだ。

石井さんは、席に座る前に声をかけてくれた。

「久しぶり」

彼女は感じよく笑った。

「もう風邪はいいの？」

「うん」

小さな声で私は頷き、少し微笑むようにした。石井さんは口の端を下げるような、ちょっと困ったような顔で、私を見つめる。

「治ってよかったね」

「ありがとう」

石井さんは明るくて優しくて、目があったときには、私にも必ず声をかけてくれる。私は石井さんのことが大好きだけど、でもそのことも全然伝わっていないと思う。

やがて朝の会が始まり、先生が出席を取った。私は少し緊張しながら、自分の名前が呼ばれるのを待つ。自分の声が大きすぎたり小さすぎたり高すぎたり低すぎたりしないように、と考えながら。

やがて先生は、シラハラナツコ、と私の名を読みあげる。

「はい」

呼ばれて返事をするとき、頬と耳の間が、ざわざわっとしてそのあと熱くなる。どうして出席を取られるだけなのに、こんなに緊張してしまうんだろう。

出席確認が終わり、先生が話を始めると、ようやくリラックスしてきた。復帰したんだな、と思う。

心配かけました、と、心の中でつぶやいた。柳くん、岡田くん、石井さん。心配かけたかどうかはわからないけれど、かけたならごめんなさい。もう私は風邪をひかないようにします。

どうかみんなも雨に濡《ぬ》れたりして、風邪をひかないようにしてくださいね――。

そんなことを考えていたら、振り向いた石井さんが、私の机に折り手紙を置いた。そんなものを貰《もら》ったのは初めてだったから、私は驚いてしまう。

――三つ編み、可愛いね！

少し赤くなりながら、私は石井さんの背中を見つめた。動揺する気持ちを抑え、手紙を元通りに折って、ポケットにしまう。嬉しかった。制服のポケットが、小さく呼吸しているみたいだ。

朝の会が終わったとき、石井さんはまた笑いかけてくれて、私も笑顔を作る。似合う、と言って、彼女は嬉しそうに私の髪を見つめる。

それから久しぶりの授業が始まった。

英語のタチバナタカマロ先生はいつもと同じように、私たちの名前を書いたカードを持っていて、それをしゅっ、しゅっ、とシャッフルしながら、リズミカルに授業を進める。

授業は先週より二ページ分進んでいて、Lesson 3-3、関係代名詞の続きだった。シャッフルしたカードの一番上を、ぱちん、と指で弾《はじ》き、ナオコー、ナオコ・スギヤマー、とタカマロ先生は発声する。続けて読みなさい、ナオコ・スギヤマー。

I saw a girl who was playing the guitar.

杉山さんがそれを読むと、ほいっ、とタカマロ先生は次の人を指さす。I saw a girl who was playing the guitar. 次の人がそれを読むと、ほいっ、とまた次の人が指される。ほいっ、ほいっ、ほいっ。桂馬《けいま》の高飛び歩のえじきー、と言いながらタカマロ先生は、将棋の桂馬の動き方で、音読する者をあてていく。

杉山さんはちょっと前に、〝お土産〟というのを〝オドサン〟と読んでしまって、それから一部の男子にドサンと呼ばれている。呼ばれた杉山さんは恥ずかしそうに抵抗しているのだけど、それがまた可愛いので、余計にドサン、ドサンと呼ばれてしまっている。そしてそのあだ名は杉山さんに結構似合っている（オツチサン、などと読み間違えなくてよかったと思う）。

可愛いなあ、と、杉山さんを見ていつも私は思う。杉山さんはこのクラスで二番目に可愛い。でも一番目の女の子より、私は断然ドサンちゃん派だ。

恥ずかしそうに笑う杉山さんを見ていると、何だかこっちまでふんわり幸せな気分になる。笑顔が可愛いというのは、それだけで何らかの幸せを周りに振りまくのかもしれないな。

そんな笑顔のことやら何やらを、何年か経っても、きっと私は覚えていて、だけどドサンちゃんは、私のことを覚えていないかもしれないな、と思う。でも、だからこそ、私はドサンちゃんのことを覚えているんじゃないかな、と思う。

Did you see a girl who was playing the guitar?

例文の内容は変わったけど、授業の光景は一週間前と何も変わらなかった。タカマロ先生はいつものようにカードをシャッフルし、今度は小川君があたる。私の席は一番端で、一番後ろだから、確率的に言って、桂馬で到達することが少ない場所だ。

私は机の端についたキズを見つめる。〝梅〟。こー、きー、くる、くる、くれ、こい、そんな音と一緒に、一週間前にこれを見たことを思いだす。

一週間ぶりを探して、私は一番後ろの席から教室を見渡した。みんなの背中や、壁の張り紙。変わったものは何も見つけられないけど、本当は全てが、一週間の時間を経て、何か少しは変化している。私にはまだ、気付けないけど。

I didn't see a girl who was playing the guitar.

桂馬の高飛び歩のえじきは、私のほうに近付いてきて、柳くんのところで止まった。柳くんは低い声で、その例文を読む。

ぱちん、とカードを弾いたタカマロ先生が、次のカードをにらんだ。それから、ナッコー、と言った。ナッコー・シラハラー、続けて読みなさい。What did you see last morning?

What did you see last morning?

その例文を声に出した。

うまくできたと思う。ほいっ、ほいっ、と、例文を読む声は、桂馬が飛ぶように遠ざかっていき、私の緊張も遠ざかっていく。

ほいっ、ほいっ、と、軽快なリズムで英語の授業は続いた。やがて終業のチャイムが鳴ると、Stand up, everyone! とタカマロ先生は言った。

Goodbye, Mr.Tachibana!
Goodbye, everyone! See you next lesson!

声を合わせて、最後の挨拶をして、英語の授業が終わった。がたがたと音を立てながら、中学生たちはそのまま席を離れる。休み時間、教室中にみんなの声が響き渡る。

私は席に座り、英語の教科書をしまった。次の教科書を出し、ふう、と息をついて窓の外を眺める。佐橋さんが近づいてきて、二人で少しだけしゃべる。

そして次の授業が始まる前だった。私はそこで初めて、一週間前とは確かに変わったものを、大発見したのだった。

「疲れたー。なー、次何だっけ？」

と言いながら、私の右斜め前の席に、どん、と岡田くんが座った。岡田くんはいつも偉そうな感じというか、椅子にだらーっともたれかかるように座る。

「社会だよ」

前の席の石井さんは、ちら、と右を見て答える。岡田くんはがさがさと机の中を探り、社会の教科書を出す。

次の授業は国語なのに社会と答える石井さんの企てに、私の心はにんまりとした。私はこの二人のことを、とても、とても、大好きで、ユニットとして愛している。

そのあと柳くんが戻ってきたのだけど、彼が右手に持っていたものを私は見逃さなかった。

——ISGPチャンピオンベルト。

それは岡田くんや柳くんや、その他五人くらいの男子が、奪い合っているチャンピオンベルトだった。段ボールで作られたそれは、真ん中に大きくライオンマークがあって、その下にISGPとフェルトペンで書いてある。

机の中にチャンピオンベルトをしまった柳くんは、足をぶらぶらとさせた。

ISGPというのは何かの略だと思うのだけど、それが一体何なのか私は全然知らない。だけど休み時間になるとこの人たちによって相撲が行われ、そのチャンピオンがこのベルトを保持することを知っている。奪い合われているこのベルトには、私なんかには理解できない、とても大きな価値があるのだろう。

教室の左後ろでは、毎日、熱い闘いが繰り広げられている。一週間前までは岡田くんがチャンピオンだったけど、いつの間にか柳くんがその座を奪取した。

先週から今週へ、時代は確実に変化している。私の胸は、ほんのちょっぴり熱くなってしまう。

がらがらがら、と扉が開き、国語の先生が入ってきた。

「国語じゃねえかよ！」

「だましてSorry」

いつものように石井さんと岡田くんは仲良く騒いでいた。それを遮るように日直が、起立ー、と叫び、私たちは椅子を鳴らして立ち上がる。

おめでとう柳くん、岡田くんもまたベルト目指して頑張ってね、と私は思った。

◇

母が遅くなる日に料理をするのは、小学校高学年の頃からの習慣だ。

学校から帰ってシャワーを浴び、今夜のおかずのことを考える。料理をするのはとても楽しくて、献立のことを考えたり料理の話を母とするのも好きだ。

今日も私は台所に立ち、ごはんを炊く。山芋をすりおろし、玉子と混ぜ、二つのカップに入れる。塩とコショウにチーズも少し振って、オーブンで温める。その間に、肉ときのこを炒める。終わったらアボカドを二つに切って、スプーンで中身をくりぬく。母に残す分には、レモン汁を振ってラップをする。

アボカドってのは何て画期的な果実なんだろう、と、いつも思う。こんなに簡単におかずになる果実は、神さまからの贈り物みたいで、でも何か裏があるんじゃないかと疑ってしまう。

残ったアボカドの種は重厚な感じで、ここにも秘密がありそうだった。重さや堅さといった存在感のこともあるけど、何よりこれは丸すぎる。こんな丸いものって、他にあるだろうか……。

シンクの脇に種を置けば、こつん、と気持ちのよい音が鳴った。

いつかアボカドの種を植えてみたいな、と思う。

種からは芽が出て、芽は生長し、やがてごほうびみたいな実を結ぶ。部屋の隅に木があって、年に一度実がなるってのは、とても素敵な生活だ。その実をもぐとき、私はいろんなことに感謝できる気がする。

料理を運び、テレビをつけ、テーブルの前に座った。いただきます、と心の中でつぶやき、料理に手を伸ばす。テレビでは大相撲の中継が流れている。

口にした山芋のオーブン焼きは、思ったよりも上手《うま》くできていた。美味しい、と思ったら、すごく嬉しくなる。和風のグラタンみたいなそれを、早く母に食べさせたかった。

かたやー、と、聞き慣れた声と拍手の音が聞こえた。今日もテレビの中の行司は、力士の名を読みあげる。呼ばれた力士は土俵に上がり、呼ばれなかった力士は土俵脇で腕組みを続ける。こなたー、と、また行司の声が聞こえる。

お父さんは横綱だ、と、考えてみることがあった。

実際の私は、父親の顔を知らない。どんな人なのかも、今どこで何をしているのかも知らない。母は一人で私を産み、育てた。

私にとってはそれが普通だったから、自分に何かが欠けていると思ったことはない。

父親に会いたいと思ったことはないし、これからだって会うことはないだろう。お母さんの説明以上のことを知りたいとは思わないし、自分のことを知らせたいとも思わない。お母さんはその人のことを好きで、だけど結婚はしなくて、私にとってはそれで全部だ。お母さんには他にもいろいろな感情や立場があるのかもしれないけど、私にとってどこかに父親がいるというのは、私に祖先がいる、という話とあまり変わらない気がする。

だからときどき戯れに、私のお父さんは横綱だ、と想像してみた。それは案外、腑《ふ》に落ちる想像だ。

横綱は相撲を取る。私はテレビで横綱を見かける。横綱は雲龍型で土俵入りし、きれいに塩を撒《ま》く。私はテレビを見つめる。横綱は優勝する。おめでとうと私は思う。横綱は母や私のことを、ときどき思いだす。

やっぱりそれで全部だし、十分だと思う。

私とお母さんは、今までずっと二人でやってきた。私にはお母さんが必要で、お母さんには私が必要だ。母娘としてのそれぞれの役割があるけど、それでも私たち二人は、寄り添い合う一つのユニットみたいだ。ちょっとずつ依存して、ちょっとずつ馴《な》れ合って、ちょっとだけ排他的で、ちょっとだけ姉妹や夫婦を兼ねている。

ハードな世の中で母は働き、私を育て、今も働き続ける。それは私なんかが想像するよりも、ずっと凄いことだ。

だから私は学校に行かなくなったり、急に成績を落としたりはできない。私が母のことをあまり心配していないように、母が私を心配しないようにしたい。普通で平均的で、みんなが当たり前にできることを、当たり前にこなせる子でありたい。

よーいはっけよい、よい、と、行司はいつもの甲高い声を出した。

土俵の中央では、力士ががっぷりと組み合っていた。組み合い、押し合い、やがて片方が、もう片方を土俵の外に寄り切る。

勝ったのは大関で、負けたのは前頭四枚目の力士で、次は横綱の取組だ。土俵に上がる横綱をしばらく眺めてから、テレビのチャンネルを変えた。もうすぐ修学旅行だな、と私は思う。

◇

その日は朝から、ちょっとした騒ぎが起こっていた。トーガ君が左腕にギプスをつけて登校してきたのだ。

「何？　犬って何？」

「だから犬だよ、犬」

本当？　と、石井さんは騒ぎ、岡田くんは半笑いで頷く。

「だって犬にひかれて骨折するって、そんなわけないじゃん」

「知らねえよ。でもあいつは犬にひかれたんだよ」

にわかには信じがたいけど、トーガ君は犬にひかれて左腕を骨折したらしい。

美術の時間になると、岡田くんと石井さんのおしゃべりは加速した。授業では美術史のようなことをやっている。

二人はいつもこんな感じに、仲良く話したり、笑ったりしている。岡田くんとこんなふうにしゃべれる石井さんのことを、私は少し羨《うらや》ましかった。そして石井さんにちょっかいを出す岡田くんのことも羨ましい。どうしたらこんなにうまく、笑ったり笑わせたりすることができるんだろう……。

「ねえ、それって交通事故なの？」

「んー、馬にひかれたなら交通事故だろうけど……」

いつもここから、二人の会話を聞いているだけだった。ときどき吹きだしそうになるのを堪《こら》えることがあって、そういうとき、ちら、と岡田くんと目が合うことがある。

二年くらい前、私は岡田くんの気持ちにちゃんと向き合えなかった。岡田くんのことは嫌いじゃないけど、あの頃はまだ、私には何もできなかった。今より何もできなかった。

「ねえ、じゃあさ、病院に行って、犬にひかれましたって言ったの？」

「知らねえよ。後で犬が謝りに来たらしいよ」

あははっ、と石井さんは笑った。

石井さんと岡田くんのお互いへの好意は、ぴったりと釣り合っていると思う。コンビと呼んでいいほど息があっているし、同じことを同じように面白がっている。

大げさかもしれないけれど、この二人の組み合わせができたのは、この学校が生んだささやかな奇跡だ。本人たちはそう思っていないだろうけど、私にはわかる。少なくともこの学年で、他にこんないいコンビはいない。

岡田くんのことに絞って言えば、私は石井さんとしゃべっている岡田くんのことが一番好きだ。そして石井さんのことを言えば、岡田くんとしゃべっている石井さんのことが一番好きだ。

「昨日さ、道できゅうりを食べてる人を見たよ」

石井さんは、こそこそとしゃべる。

「両手に持ったきゅうりをね、ずーっとぽりぽり食べてた」

「それはお前、カッパだったんじゃねえの？」

「えー、カッパかな？」

「完全にカッパだろ、それは」

吹きだしそうになった私は、鉛筆を握りしめて堪えた。隣の席では、柳くんが眠っている。

「カッパ見た記念にこれをやるよ」

岡田くんはポケットから取りだした何かを、石井さんに渡した。指の隙間から、きらり、と何かが光る。

「……ありがと」

「またカッパを見つけたら、もう一枚やるよ」

岡田くんは何だかとても得意げで、今にも歌いだしそうな感じだった。メダルゲームか何かのメダルだと思うんだけど、石井さんは掌《てのひら》の上のそれを、しばらく見つめる。

「……ねえ、どうして、メダルなんて持ってるの？」

「ああ、何かポケットに入ってた」

「メダルを集めてるの？」

「んー、まあ、集めてると言えば集めてるかな」

静かにしなさい、と、突然、美術教師の声がして、二人の会話は止まった。ざわついていた教室も急に静かになる。

やがて先生が授業を再開すると、するり、と教室の緊張は解けていく。

「いつかメダル王に会えるといいね」

石井さんは小さな声で言った。声をださずに岡田くんは笑う。

いつだって二人の話には、終わりも始まりもなかった。誰かが止めなければ、このまま永遠に続くんじゃないかと思う。いつか進学とか就職とかで、二人の間に大きな距離ができてしまったら、そのとき二人の会話は終わってしまうのだろうか……。

「ねえ、メダル王に会ったら、ごほうびは何貰うの？」

「ちくわだな」

「……ちくわ？」

二人はまた声を殺しながら笑っている。

だけど二人は今しゃべっていることを、案外、明日には忘れてしまうのかもしれない。だったら私は、できるだけ覚えていたかった。私にはそれしかできないから。それがとっても愉快なことに思えるから。

二人が忘れてしまうことのいくつかを私がずっと覚えていたなら、私たちは三人のユニットになれる気がした。あるいは緩やかな共犯者のような関係に――。

だから私は毎日、二人の話に聞き耳をたてている。優秀なスケッチャーになった気持ちで。どんな音符も逃さず、ニュアンスまで採譜する心構えで。

教室の一番後ろから、いろんなことが見られればいいと思っている。例えば池田くんと岸さんは付き合っていて、毎日一緒に登下校している。柳くんは授業中、ライターを分解している。アラシくんは多分、山中さんのことが好きで、トーガ君は大造じいさんのマネがうまい。川瀬さんはずっとノートにマンガを描いている。

教室という箱の中には、思いの外いろんな青春があって、私にはできないことを軽々とする人たちがいる。私はそれを見て、覚えておこうとしている。

岡田くんにはたくさんメダルを集めてほしいな、と願う。石井さんも、できれば貰ったメダルをずっと持っててほしい。だって二人とも本当に、メダルの王様に会えるかもしれないのだから。

美術の授業は続き、今日の内容をテストに出す、というようなことを先生は大声でアピールした。板書をしっかりノートに写すよう言われた中学生たちは、慌てて鉛筆を動かし始める。

もうノートを取ってしまった私は、机の端のキズを見つめた。そこには存在感のある書体で〝梅〟と書かれていて、何度見ても気になってしまう。

こんなところにこんなことを書く人のことを、私は知りたいと思った。梅――。梅本さんが書いたのか、梅山さんが書いたのか、それとも名前は全然関係ないのかもしれない。

これはいつ彫られたのだろう……。これを彫った人は、今でもこのことを覚えているんだろうか。どんな確信を持って、この人は〝梅〟と書いたのだろう……。

以前、私もここに何かを彫ろうとしたことがあった。だけど一言を書こうとすると、自分が何も選べないことに気付いてしまう。私は今まで生きてきて、こんなことすら残すことができない。私にはまだ、ここに書くようなことがなくて、だから〝梅〟と書く人のことが知りたいのかもしれない。

多分、岡田くんは石井さんの中に何かを残しているし、石井さんも岡田くんの中に何かを残している。取り留めのない会話の断片とか、好意の輪郭とか、そういうものは覚えていなくても、きっといつまでも残るものだ。でも私にはまだ、何もない。

もしかして、だから、なんだろうか……。

私は何年か前から、ノートに終わらない物語を書き留めている。不安になるとノートを開いてそれを書き、書けば少し安心してノートを閉じる。

書きながら私は考えている。この物語にはどんな意味があるんだろう。どうして私は、こんなものを書いているんだろう。この物語はどこに辿《たど》り着くんだろう……。


谷風くんは、十五のとき旅に出ました。

旅を続けてもう、四年が経っていたのです。

四年というのは長かったのかもしれないし、短かったのかもしれません。多分、このまま二十年が経っても、谷風くんはそう感じるんだろうと思います。

谷風くんは山を越えて、河を越えて、海を渡りました。ある街には三日間留《とど》まり、ある街からは数時間で去りました。一つの場所に留まれない理由が、谷風くんにはあったから。

だけどその街に着いたとき、谷風くんは初めて、辿り着いたと思ったのです。何故そう思ったのかはわからないけど、結局それは、半分だけほんとうになりました。

谷風くんが街に着いた翌日、雪が降ったのです。雪はしばらく止まずに、やがてその街は、雪にとざされてしまいました。街はそれ以外の世界から遮断され、街の人はどこにも行けず、街には誰も来られなくなりました。それで――、

自分はこの街で暮らしていいんだ、と谷風くんは思ったのです。自分はこの街にしばらくいられる。春になるまで、自分はここに留まることができる。

谷風くんは街のすみに住居を借り、マグカップを一つと、やかんを買いました。水道を契約し、一月分の食料も確保しました。部屋の真ん中には大きな暖炉があって、地下室には一冬分の薪も残っています。

四年間の旅で、谷風くんはいろいろなことを忘れてしまっていました。だからゆっくりです。ゆっくりと、谷風くんは生活を組み立てていきました。

寒いときには暖炉に薪をくべればいい。眠いときには眠ればいい。お腹がすいたら何か作ればいい。谷風くんは少しずつ、かつて持っていたはずの生活を取り戻していったのです。

あくびをします。ぐっすりと眠り、差し込む光によって目覚めます。暖炉の火をおこし、お湯を沸かし、お茶を淹れます。体操をして、窓際に座り、のんびりとお茶を飲みます。それを繰り返します。またそれを繰り返します。またそれを繰り返します。

またそれを繰り返します。

窓の外は毎日、どんよりとした天気が続いていました。谷風くんはほとんどの時間を、

窓際の椅子の上で過ごしました。たいていはそこから、街の中心に高く立つ、球体のオブジェを眺めながら。

その球体は、谷風くんにとっての月だったのでしょう。球体は実際に、月のように満ち欠けしました。街の人が日付を知るために、球体はそのように仕掛けられていました。

その月を眺めるとき、谷風くんはいつも、病院の光景を思い浮かべます。

大きなその病院に、ベッドは一つしかありません。そのベッドで眠る妹のために、兄は優しい嘘話を語り続けます。いつまでもいつまでも、語り続けます。

何故そんな光景が頭に浮かぶのか、谷風くんにはわかりませんでした。


「写しましたか?」

と、美術教師は大きな声を出した。

皆がノートを取り終えたことを確かめ、教師は黒板に向き直った。教師はアンダーラインを引きながら、もう一度今日の要点を説明し始めた。教室はまたざわめきを取り戻していく。

どうしてだろう、と思う。

どうして自分がこんな物語を書き始めたのかはわからないし、どうして谷風くんが逃げ続けなきゃならないのかもわからなかった。これから谷風くんがどこに行くのかも、全然わからない。

何故こんなものを書いているのかわからないけど、取り憑《つ》かれたように書くことがあった。昨日の夜、それを書いて、今日の夜、続きを書き、明日また続きを書く。

だけど一ヶ月以上、何も書かないこともあった。


ときどき晴れた日には、谷風くんは市場に出かけました。市場の出口のあたりに牛乳を売る女がいて、谷風くんは必ずそれを買うことにしていたのです。

「今日はいい天気ですね」

「ええ、とっても」

いつもそれだけの会話を交わし、二人は微笑みあって別れました。女の売る牛乳を、やかんで温めて飲むと、谷風くんの体は芯から温まる気がしました。

「今日も晴れましたね」

「ええ、いい天気です」

谷風くんがその街に来て、二日続けて晴れたのは、その日が初めてのことでした。

「明日、うちに遊びにきませんか？」

「……ええ、伺います」

何故だかその日、二人はそんな会話を交わしました。きっと谷風くんは久しぶりに、誰かに何かを言いたくなったのでしょう。

次の日、いつもと同じように谷風くんは目覚め、体操をして、窓際に座りました。そこから球体を眺め、今日は新月だなと思いました。

そのまま曇り空を眺めていると、やがて玄関から音が聞こえてきました。女が本当に、谷風くんを訪ねてきたのです。

「遊びにきました」

玄関で女は言いました。谷風くんは彼女を、家の中に招き入れました。

二人は一緒に薪をくべ、女が持ってきた牛乳を温めました。誰かと一緒に何かをするなんて何年ぶりだろう、と谷風くんは思います。二人は手を繋《つな》ぎながら、一緒に牛乳を飲みました。

それから二人は、ゆっくりと、おそるおそる、抱きあったのです。お互いの何かを取り戻すように、お互いの何かを溶かして、まぜ合わせるように。

用心深く、けれどもやがて熱く、二人は抱きあいました。

谷風くんはそのとき、相手だけでなくて、自分のことも抱きしめたような気持ちになっていました。だから、なのかもしれません。

その日から、谷風くんはもう窓の外を眺めませんでした。同じように女も市場に出かけません。

　二人は部屋にこもり、お互いのことが好きだと、二千回くらい言いました。犬がわんと吠《ほ》え、猫がにゃあと鳴くように、二人は自然に、燃えあがるように、恋に落ちたのです。

　それは電撃的で、官能的で、運命的な恋でした。二人はその部屋で、そのまま二週間、愛しあい続けたのです。

「でも僕は、春になったら、この街を出なきゃならない」

　と、谷風くんは言います。

「一緒に行こう。僕らは一緒に行くべきだ」

　実は、もうずっと前から、谷風くんは逃げ続けているのでした。ハーベストという女から。深い深い、闇のような愛から。

　ハーベストはもう、谷風くんを追っていないのかもしれません。だけど谷風くんは逃げないわけにはいきませんでした。

　一つの場所に留まったら、ハーベストに侵される。そのことが谷風くんには、たまらなく怖かった。そのことは呼吸が止まるような恐怖だったのです。

「あなたのことが好きだけど、一緒には行けない」

　と、女は言います。

「だから、お願い。私と、ここに残りましょう」

　女はずっと待っているのでした。女には昔、好きで好きでしょうがなかった人がいたのです。その人はある日、逃げるように街を出て、そのまま帰ってこなくなりました。女はその街で牛乳を売りながら、その人をずっと待っていたのでした。

　その人がもう帰ってこないことは、心のどこかでわかっていたけど、待たないわけにはいきませんでした。だってここに留まり続けることだけが、彼女にとって生きることだったのです。彼女はどこにも行けないのです。

　その日は輝くように晴れていました。冬になって初めて、三日続けて晴れた日でした。もしかしたら明日も晴れるかもしれないな、と谷風くんは思います。

　谷風くんと彼女は窓際に立ったのです。七分ほどに満ちた月が、そこからは見えました。谷風くんはまた、病院の光景を思いだしていました。

　広い広い病院にある、たった一つのベッドで眠る妹……。その妹のために、延々と嘘話を語り続ける兄……。

　今、七分ほどに満ちた月が、満月になったら、暦は春になります。

　早くこの街を出なきゃならない、と、谷風くんは思っていました。

★★★★★★
★★★★★★

……かり、かり、かり、かり。

病室の窓から風が吹き、白いカーテンがそっと揺れた。

眠っている妹の爪を、僕は、ガラスのやすりでそっと研ぐ。一台の車が走る音が、海の方角から聞こえる。

……かり、かり、かり、かり、かり。

車が走り去ると、病室には爪を研ぐ音だけが居残った。

右手を研ぎ終えると、座っていたパイプ椅子ごと、ベッドの左側に回り込む。そこでしばらく妹の顔を見つめ、やがてその左手を握る。少しだけ伸びた小さな爪に、ガラスのやすりを、そっとあてがう。

……かり、かり、かり、かり、かり。

妹の手は温かくもなく、冷たくもなかった。つまり妹の手と僕の手は、温度がぴったり同じなんだと思う。

爪研ぎを終えると、窓際に立って、僕は自分の爪を噛《か》んだ。良くないとはわかっているけれど、自分の爪が伸びたら、こんなふうに歯で噛み切るようにしてしまう。切った爪はカーテンの外に投げ捨てる。窓の外は春の終わりに相応《ふさわ》しい、とてもいい天気だ。

妹が眠ってから、もう一年以上が経っていた。

十三歳の誕生日の前日、妹は眠りについて、そのまま目を覚まさなかった。もしかしたら妹は、十三歳になりたくなかったのかもしれない。

眠っていても歳はとるのだから、妹はもうすぐ十五歳になる。だけど実際の妹は、ずーっとあの頃のままだ。身長だって、体重だって、全然変わっていない。

窓をしめると、風の音が止んだ。もともと静かな午後だったけど、白一色のこの部屋は、それで余計に静かになる。耳を澄ませば、妹の寝息が聞こえる。

十六歳になる頃、妹はひょっこり目を覚ますんじゃないか、と、何となく思っていた。小学校を卒業したばかりで眠りについた妹だけど、気付いたら高校生になっている。

あのな、と今日も妹の隣に座り、僕は話しかける。

あるときから妹に、こうやって話を聞かせるようになった。話をしている間、妹には何の変化もない。話を聞いているようにも見えるけど、全然聞いていないようにも見える。

だけど僕が話しかけるようになって、妹には、かすかだけど確かな変化があらわれた。その日から、妹の爪が伸びるようになったのだ。

眠りについた日からずっと、妹の身長にも体重にも顔色にも何も変化はなかった。妹の前髪は眉《まゆ》の上で切り揃えられていて、それだって一ミリも伸びていない。だけど爪だけが少しずつ伸びるようになった。

妹の爪を伸ばすために、僕は今日も話をする。

最初は昔の思い出話や、学校であったことを話していたけれど、話すことはすぐになくなってしまった。

それからは、でたらめな話をするようになった。毎日、毎日、僕はいいかげんな話を作り、妹に聞かせ続ける。最初は自分が嘘話をしているんだと思っていた。だけど話を続けるうち、僕にはそれが何だか、本当の話のように思えていた。


「授業を終わります」

と、美術教師は言った。

起立ー、と間の抜けた声で日直が言い、みんなは立ち上がる。おじぎをした後、そのままそれぞれの場所に散らばる。黒板には大量の板書が取り残されている。

私は静かに着席し、家の机のひき出しに入っている、私のノートのことを思った。誰にも読まれることのない物語は、ただ続きを待っているだけで、どこにも行くことはない。

私の書く一つの物語はとても長いときもあったし、短いときもあった。

ある物語に出てきた何かが、後の物語を含み、次の物語はまた、前の物語に含まれた。含み、含まれる世界は、どこまで書いても終わることはなかった。

あのな……。

昔、うなぎのおねえさんってのがいたんだよ。うなぎのおねえさんは、絶対に開けてはいけない袋を預かるアルバイトをしていたんだ。

おねえさんにはどうしてそんなことが、仕事になるのかわからなかった。だけどその当時はまだまだ、うなぎのおねえさんに、袋を預けたい人がたくさんいたんだよ。

だからおねえさんは、いろんな人からいろんな袋を預かった。大きな袋もあったし、小さな袋もあった。重い袋も、軽い袋も、青い袋も、赤い袋もあった。凄く気になる袋もあったけど、全然気にならない袋もあった。

だけど、たとえ気になっても、おねえさんは決して袋の中身を覗《のぞ》いたりはしなかったんだ。だって、それが仕事だからな。うなぎのおねえさんの仕事は、絶対開けてはいけない袋を預かる、ということなんだ。

その代わりに、おねえさんは袋の中身を想像した。

これは時計……。これは何かの粉……。これはきっと古い手紙……。これはお金……。これは何かの鍵……。これは未来……。これはきっと始まらなかった恋……。

預かった袋を寝床に並べて、おねえさんは毎晩、それらと一緒に眠ったんだ。これは時計……、これは何かの粉……、これは手紙……、って考えながらだと、何故だかおねえさんはよく眠れたんだ。

袋を預けた人は、いつかそれを取りにくる。

三時間で取りにくる人もいたし、三日でくる人もいた。三ヶ月経ってから取りにくる人もいたし、三年経ってからくる人もいた。

大切なものだけど、今は預けておくしかない。そういう種類のものが袋の中には入っていたから、みんなちゃんと取りにくるんだ。

「うなぎちゃん、もしかしたら僕は、この袋を取りにこられないかもしれない」

だけどその人は、そんなことを最初に言ったんだ。

その人は何故だか、おねえさんの名前を最初から知っていて、うなぎちゃん、って呼んだんだ。だからおねえさんも、その人のことを遠い昔から知っているような気がした。

「だから君が、この仕事をやめたいって思ったときは、この袋を開けてもいいんだよ」

その人は懐かしい笑顔で、言ったんだ。どうして懐かしいって思ったのか、うなぎのおねえさんには、わからなかったんだけどね。

それで、それから四年が経ったんだ。だけど……、ね。

うなぎのおねえさんは、まだその仕事をやめたいとは思わなくて、今でもその人の袋を大切に預かっているんだ。

その袋の中身のことは全然想像できなかったけど、おねえさんは今でも、その袋と一緒に毎日、眠っているんだ。多分、今日も眠っているんだ。

自分がどうしてこんなものを書くんだろう、と、私はときどき考える。

この物語にタイトルはないけど、つけるとすれば〝終わらない物語〟だ。決して終わることのない物語だから、私は安心して書くことができる。終わらせなくていいから、私はこの物語を書くことができる。終わらないことに安心するために、私はこの物語を書き続けているのかもしれない。

何かが終わったり、何かを選んだりするのはとても怖いことだ。

私は他の誰かや、もっと言えばこの世界に対して、残したいと思ったり、放ちたいと思うことがわからない。そういうものは自分の中にはない気がするし、これからもほしくない。そう思っていた。

だけど、と、私は考える。もしかしたら私は、それを探しているのだろうか……。それを探すためにこれを書いているのだろうか……。

ノートはもう四冊目になっていた。閉じられたノートの最後では今、イノセントという名の犬が、月に向かって、おおう、おおう、と吠えている。

いつかこの物語を書き終えたとき、私はどんな気持ちになるんだろう、と、ときどき考えてみる。

◇

修学旅行を翌日に控えていた。

それは学校行事としては、スペシャルすぎるイベントだ。それが明日から始まるということをどう消化していいかわからなくて、みんなは明日だねって言い合った以外は普通にしている。だけどどうしたって、ふわふわした感じになってしまう。

私たちはふわふわとする。朝礼を終えたら、一、二時間目は学年集会ということで、ふわふわしながら講堂に向かう。

あーかねーさーすー、むーらさきーのー♪

講堂の中学生は校歌を歌った。旅行準備のための集会で、どうして校歌を歌うのかわからないんだけど、中学生は歌う。

注目！　と、体育教師が張り切った声を出した。ええー、いよいよ明日ー、と、教頭が影の薄い挨拶をする。

旅行担当の教師が壇上に立ち、持ち物や集合時間についての話をした。続いて服装のことについて生活指導の教師が話し、心構えのことについて学年主任の教師が話す。それからまた旅行担当の教師によって、場所や乗り物についての説明や、注意することが繰り返される。

一時間目は終わり、二時間目も半ばを過ぎていた。保健の先生が旅行中の健康について話すと、最後は校長先生の話になった。皆さん、と校長先生は私たちに力強く呼びかけた。

友と語らい、伝統文化に触れ、たくさんの思い出を作ってきてください。楽しい修学旅行になるよう祈ってます。最後に大きな声で挨拶しましょう。行ってらっしゃい！

——行ってきます！

私たちは声を揃えた。まだ行かないのに、行ってきます、と挨拶するのはおかしな感じだけど、私たちは中学生だから元気に声を揃える。

それから体育教師の指示に従い、ゆっくりと講堂を出た。二列になって歩き、階段を登る。

戻った教室の風景は、いつもと何も変わらなかった。こんなふうに一斉に戻ったときのざわついた感じとか、後ろで男子が相撲をとりはじめるのとかも、いつもと同じだ。ただやっぱり気持ちはふわふわしていた。チャイムが鳴って席に着くと、余計にそのことがわかる。あからさまにテンションを上げるのも恥ずかしいけど、普通というわけにもいかなくて、私たちはただ、今の気分を持てあましている。
三、四時間目は学活で、だけど担任の先生はなかなか来なかった。隣では柳くんが『修学旅行のしおり』に落書きを始めている。五重塔を描いているのだけど、柳くんの絵の精密さにはいつも感心してしまう。
だらん、と椅子にもたれた岡田くんが、耳の横を鉛筆でぽりぽりと掻《か》いていた。石井さんがそれを、ちら、と見る。私と柳くんと岡田くんと石井さんは、修学旅行でも同じグループだ。班行動では、四人でいろいろな場所を巡る。

「あ、」と、石井さんが声を出した。

「それ何かで見た。いや、でも忘れた」

「はー？」

「それだよ、その、ぽりぽり掻くやつ。何だっけなー」

「何だっけと言われてもな……」

岡田くんは鉛筆を持ち直し、また、ぽりぽりとやる。

「わかった！」

石井さんは嬉しそうに声をあげた。

「昨日テレビで見たんだ。ゾウと一緒だ。あのね、ゾウが鼻で棒をつかんで、目の脇をぼりぼりと掻いてたんだよ」

それ私も見ました、と、こっそり嬉しくなった。私は机に目を落として、さっきよりもっと耳を澄ます。

「こんな感じか?」

岡田くんは鉛筆で目のまわりを、ぽりぽりとやる。

「それ、それ、それ。そっくりだよ」

「そっくりじゃねえよ。お前はまず、ゾウのデカさをわかってねえよ」

「似てるよ。じゃあさ、口笛吹いてみてよ」

「口笛?」

岡田君は、気取った感じに、ぴゅう、と口笛を鳴らした。

「似てる、似てる、似てるー」

と、石井さんは騒いだ。似てるー、と私も思って、吹きだしそうになる。

「何? 何が似てんの?」

「その番組で、口笛を吹くオランウータンが出てきてたんだよ」

石井さんは笑いながら答える。

「似てねえよ。お前はまず、オランウータンの顔の色をわかってねえよ」

「じゃあさ、かちかちかち、ってやってみて」

「何が? かちかちって何?」

「アホウドリだよ。こうやってさ、」

と言いながら石井さんは、天井を見上げて、かちかちかち、と歯を鳴らす。何だそれは、と岡田くんは笑った。

「はい。じゃあ、やってみて」

岡田くんは石井さんを威嚇するように、かちかち歯を鳴らした。石井さんも、かちかち鳴らし返す。かちかちかちかち、かちかちかちかち、二人は向かい合って歯を鳴らし合う。

二人は気付いているんだろうか、と思った。カチカチ鳴らすのはアホウドリの求愛ダンスだということを。アホウドリはつがいになると、死ぬまで相手を替えないってことを。

「だけどアホウドリといえば、大飛鳥アルバトロスだな」

「何それ?」

「むかしむかし、キラー・カーンっていう日本人プロレスラーがいたらしいんだよ。そいつのアホウドリ殺法の名が、大飛鳥アルバトロス。キラー・カーンはアンドレの足をへし折って、ニューヨークでメインイベンターにのし上がったんだよ」

キラー・カーンという単語に反応したように、隣で柳くんがちょっとだけ顔を上げる。

私たちは明日、この四人で京都を巡る。

「アンドレは知ってるよ。オスカルを庇《かば》って失明してしまったよね」

「ちげーよ。アンドレって言ったら、世界の大巨人、アンドレ・ザ・ジャイアントだろ」

覚えられない単語が一気に出て、私は少し困ってしまった。オスカルとアンドレはベルばらに出てくるってわかるけれど、世界の大巨人やアホウドリ殺法は初耳すぎる。

「あれだよ。かつて全米を震撼《しんかん》させたキラー・カーンは、今は東京で、ちゃんこの店をやってるんだよ」

「へえー」

「いつか東京に行ったら、行くといいよ」

「えー、せっかくの東京なのに、それなの？」

「絶対、行ったほうがいいよ。おれも行くから」

「んー、覚えてたらね」

それが何だか重要な会話な気がして、私は少しどきどきした。どきどきどきどき。小さな蝶の、小さな小さな羽ばたきを、そっと見守るような気持ちで、私は二人の会話に耳を澄ます。

「じゃあさ、一緒に行こうぜ」

「いつ？」

「いつか、だよ」

「でも東京って遠いじゃん」

「いつかは行くだろ」

「そうかなあ？」

「じゃあもし、東京に行ったら行こうぜ」

「うん、わかった」

そのとき小さな蝶が、そっと空に向かって飛びたった気がした。私たちの知らない、未来に向かって――。

東京……。

それは今の私たちには遠い場所だけど、もしかしたら将来住むかもしれない場所だ。そこには東京タワーがあって、国会議事堂があって、キラー・カーンの店がある。一千二百万の人が住み、二千四百万の瞳《ひとみ》が素敵なことを探している。

いつか二人がその店に行くようなことがあればいいのに、と、私は本気で願った。かつて全米を震撼させたプロレスラーが、今は柔和な笑顔で、大人になった二人を席に案内する。ちゃんこ鍋をつつきながら二人は、中学時代の続きのような会話を交わす。そして時間の魔法が解けたみたいに笑い合う。

そんな光景を、初雪を見上げるような気持ちで、うっとりと想像した。

優秀なスケッチャーは、目の前の光景だけではなく、それが含む過去とか未来を見つめているんだと思うけど、そういう意味で私はそのとき優秀なスケッチャーだったのかもしれない。

「ねえ、アイリッシュエルクって知ってる？」

「知らない。何それ？」

「マンモスがいたころの動物なんだけど」

二人はまた別の話を始めていた。アイリッシュエルクは昨日の番組で、マンモスやサーベルタイガーと一緒に紹介されていた。角が三メートルくらいにまで大きく発達した、ヨーロッパ氷河期のシカだ。

「マンモスってのは、要するに武装したゾウだろ？」

「ゾウのは、」

そのとき扉の開く音がして、二人の会話は途切れた。教壇に登る先生に合わせて、起立ー、と日直が声を出した。私たちは椅子をがたがた鳴らして立ち上がり、礼ー、と間の抜けた声を日直が出す。

武装したゾウ……。

マンモス武装スーツみたいなモノを着けたアフリカゾウを私は想像した。なかなかだった。岡田くんはなかなかの見解を示したと思った。

これから学活で旅行のいろんなことを確認して、私たちは昼前に帰宅するのだろう。今日というスペシャルな日は、午前中で授業が終わる。

お昼は家でパンにしよう、と思った。ホットサンドを作って食べよう。

ホットサンドを食べたら、私は荷造りをする。『修学旅行のしおり』を開いて、持ち物をひとつひとつチェックしながら、ボストンバッグに入れていく。明日は朝六時半に集合しなければならないから、荷物の脇に、明日着るものも並べておこう。

今夜はお母さんが早めに帰ってくる日だった。明日からしばらく、お母さんと離れて寝起きする。

それはいつ以来のことなんだろうな、と、先生の話を聞きながら、私はふわふわ考えていた。

◇

「奈良は楽しいよー」

十九時前に帰ってきた母は、料理を作りながら、のんびりした口調で言った。

「いつ行ったの？」

前にもそれを聞いたことがあった気がするけど、よくは覚えていなかった。

「修学旅行でも行ったし、その後も二回行ったかな。京都はもっと行ったと思うけど」

新じゃがのそぼろあんかけと、エビのマヨネーズ和《あ》え、それからきんぴらごぼう。それらを食卓に運び、ごはんもよそう。お母さんは梅酒のロックを作っている。

母にも修学旅行があったというのは当たり前のことだけど、不思議な感じがしてしまう。

セーラー服を着たお母さんは、どんなはしゃぎ方をして、どんな夢をみたんだろう……。新京極《しんきょうごく》で何を買い、哲学の道では何を思ったんだろう……。

私たちはテーブルに向かいあって、いただきます、と手をあわせた。私は素早く新じゃがに手を伸ばす。

まったく同じように作っても、自分が作るものより、母が作るもののほうを美味しく感じるのは、どうしてなんだろう。

一度そのことを尋ねてみたら、母も同じことを思っていたらしい。つまり、おばあちゃんの料理を食べるときに、そう思うらしい。

だけど半分くらいは気のせいだと思うよ、と母は笑う。

箸《はし》を伸ばし、今度はエビのマヨネーズ和えをつまんだ。こちらも美味しい。

「奈良とか京都って、何度か行くからいいのよ」

お母さんは梅酒を、ちびり、と飲んだ。

「修学旅行とかで若い頃に初めて行くでしょ？　そのときって漠然と行って、漠然と帰ってくるんだけど、それから十年経ってもね、京都とか奈良って変わらずにいてくれる場所が多いから」

「うん」

「二度目に行くと、覚えていたこととか忘れていたこととかが、甦《よみがえ》ってくるってのもあるし、自分が変化しているから、同じ場所でも見え方が違うってのもあるし」

「へえー」

お母さんはいつも、とてもゆっくりとしたペースで、お酒を飲み、つまみをつまむ。その姿を見るときが、私が母に一番大人を感じるときだ。楽しそうで、美味しそうで、たおやかで、とても優雅だ。

「場所って、自分にとっての意味を持つからね」

「意味?」

「例えばここには、私と奈津子《なつこ》が生活する場所っていう意味があるでしょ?」

「うん」

「うまく説明できないけれど、私にとっての京都って、何か少し意味があるの。修学旅行で行ったり、一人で行ったりするかもしれないし、好きな人とか友だちとかと行くかもしれないけど、そのときの自分にはそのときの状況とか物語があるでしょ。そういうことが関係して、場所に意味ができるんだと思うな」

その日、お母さんはいつもより饒舌《じょうぜつ》だったと思う。

「初めて行くところで、奈津子は何かを少し残してくるといいよ。気持ちとか感傷とか、そういうものって、いつかまた触れることができるから。何か残してくるといいよ」

「……うん」

お母さんが手先の梅酒を飲み干すと、からん、と氷の音が鳴る。

「ねえ」

と、私は言った。

「私も飲んでいい？」

「へー。もちろんいいけど」

お母さんは嬉しそうな表情で私を見つめる。それから立ち上がって、梅酒を作ってくれる。

「炭酸で割ってあげようか？」

「うん、お願いします」

それから私たちは、静かに乾杯した。

口をつけた梅酒は慣れない味だったけど、美味しいと思えた。冷たくて、薄くて、不思議な甘さがある。修学旅行の前日、私は初めてお母さんとお酒を飲んだ。

「私、中学の修学旅行のとき、告白されたのよ」

と、母はいきなり言った。

「えー！　誰に？」

一瞬、横綱の土俵入り姿が浮かんだけど、慌ててそれを打ち消す。

「誰って普通のクラスメイトだけどね。夜の自由行動のときに、ちょっとこっち来てって男子に言われたの。付いていったら青木くんっていうんだけど、その青木くんがいて、良かったら付き合ってくださいって」

「それでどうしたの？」

「あんまりぴんとこなくてね。でもはっきりは断らなかったんだけど、向こうもその後何も言ってこなかったし、特に何もなかったよ」

「へー」

「多分ね、青木くんは他の男子に焚《た》きつけられて、その気になっちゃったんじゃないかな。修学旅行ってお祭りみたいなことだからね、青木くんはきっと、みんなの期待みたいなものを代表して、告白しに来たんだよ」

懐かしいな、と母はつぶやく。今夜、初めて娘と一緒にお酒を飲んだお母さんは、少しだけ赤い顔をしている。

「ねえ、その青木くんのこと、今でも思いだせる？」

「んー……、まあ何となく、遠くで笑っている感じは思いだせるかな」

「よく笑う人だったの？」

「どうだったかな……。あー、でも誰かのことを思いだすときって、人によって表情が違うね。半笑いの顔を思いだす人とか、うつむいてる顔を思いだす人とか、それぞれ決まってるなー」

「へえー」

炭酸水で割った薄い梅酒が飲みやすくて、私は全部飲み干してしまう。

「じゃあよかったね、青木くんが笑ってて」

「そうかもね」

「ねえ、もう一杯飲んでいい？」

ふふ、と母は笑い、立ち上がった。

「じゃあこれで最後にしなさいね。今夜は早めに寝るんでしょ？」

「うん」

鼻唄《はなうた》を歌う感じに母は台所に行き、梅酒を作ってくれた。さっきよりも炭酸が弱いそれを一口飲み、また一口飲む。また一口飲む。

「あのね、私も一回、告白されたことあるんだよ」

それを誰かに言うのは、初めてのことだった。

「え——！」

と、お母さんは声をあげる。

「全然知らなかったな。ちょっと衝撃」

「私も青木くんなんて初耳だよ」

ははは、とお母さんは笑う。

「そりゃそうでしょ」

網戸から涼しい風が吹き込んで、カーテンが揺れた。私はまた梅酒を飲む。

「それでどうしたの？　付き合ったりしてないよね？」

「うん。そういうのは無理だった」

「断ったの？」

「それもできなかった」

お母さんはしばらく私を見つめ、そっか、とつぶやく。

その話はそれで終わったけど、私たちはそれから、いつも話さないようなことを話した。

お母さんが高校のときの彼氏の話や、私が小学生の頃好きだった男子の話。お母さんの好きな男のタイプの話。そういう話になったのは、お酒を飲んでいたからかもしれないし、私が明日旅行に出かけるからかもしれない。

「ふーん、そっかそっか。それはそうとあなたはアレだね。飲むと饒舌になるタイプなんだね」

「えー、そうなのかな？」

普通のときと今と、自分がどう違うかよくわからなかった。でもいいな、と思った。こんなふうにお酒を飲んで話すのは、とても楽しいな。

「ねえ、もしかして奈津子は、学校では不思議ちゃんなの？」

「えー。全然違うと思うよ」

「あのね、不思議ちゃんはやめてよね。どうせなら小悪魔ちゃんとかになってね」

「難しいことを言うね」

「一生懸命やらなくていいから、上手くやってほしいのよ」

「ふーん」

何だかとてもわかる気がした。一生懸命やればすむことは、一生懸命やればいい。だけど上手くやるのは、とても難しいことだ。

「あなたのことが、凄く可愛いのよねー」

お母さんは三杯目だか四杯目だかの梅酒を飲んでいる。

「娘ってのはね、凄く凄ーく可愛いんだよ。娘が困ってたり悩んでいたりするとね、こっちまで、ぎゅうー、って胸が痛くってね。代わってあげたくって、守ってあげたくって、自分が犠牲になってもいいって思っちゃうの。そういうのってね、娘ができるまではわからなかったんだけど、不思議よねー。無性に可愛いのよねー」

私のことを飲むと饒舌になると言った人は、そんなことを饒舌に語る。

「ねえ、明日から私がいないから、さみしくなっちゃってるの？」

「さみしくないよ。全然、さみしくないよおー」

母は愉快そうに、うはははは、と笑った。

「旅行、楽しんできてね」

私のお母さんは、少し首をかしげるようにして、そんなことを言う。

修学旅行は、きっと楽しくなると思う。私は谷風くんと違って、旅に出るわけじゃなく、修学旅行に行くだけだ。だからとても楽しくなると思う。

◇

六時半に学校に集まり、点呼を終えた。

ぞろぞろと出発した私たちは、新幹線に乗り、十一時すぎに京都に着いた。新幹線の中ではしゃぎすぎた人は、早起きしたのもあってか、もう疲れた顔をしている。考えてみれば、学年全員で京都に移動するなんて、ちょっとこれはたいへんなことだ。

八条口に全員で集まって、集合場所や時間などを確認した。肩から拡声器をぶら下げた先生が、私たちに話しかける。最後に立ち上がって、中学生は挨拶する。これから班行動が始まる。


——行ってきます！


前もって計画しておいた通り、私たちのグループは七条《しちじょう》の駅に向かった。地図を右手に持った岡田くんが、先頭を歩く。鴨川に沿って歩けば、最後の遠足みたいな気分だ。

良く晴れた京都の空の下、川面《かわも》はきらきらと光り、風は気持ちよく吹いていた。川の瀬のところどころで、ぷるるるるんっとカモが尻《しり》を振る。七条で京阪《けいはん》の電車に乗り、四条《じょう》の駅に向かう。

駅に着いて地上に出れば、また鴨川が見えた。四条大橋を背に通りを進み、石段を登る。スサノオを祀《まつ》るという八坂《やさか》神社で参拝し、そのまま進むと円山《まるやま》公園に着く。

お弁当を買い、私たちはそれを食べる場所を探した。園内は他校の修学旅行生や、バスツアーのおばあちゃんたちや、外国人旅行客なんかで賑《にぎ》わっている。

空いたベンチを見つけてお弁当を食べ始めれば、青空給食といった感じだった。岡田くんと石井さんは大声でしゃべったり笑ったりして、私と柳くんもつられて笑う。遠くで坂本龍馬《りょうま》と中岡慎太郎《しんたろう》の像が、凛々《りり》しく前を見つめている。

それから案外大急ぎで（ときどき走ったりした）、神社仏閣を巡った。知恩院《ちおんいん》、銀閣寺、北野天満宮《てんまんぐう》、金閣寺。それからぐるっとまわって清水寺《きよみずでら》。

神社や寺を見学し、お参りし、写真を撮り、おみやげを見る。岡田くんと柳くんはときどきじゃれ合い、石井さんは私に話しかけてくれる。北野天満宮の裏では甘いものを食べ、お金がないから石井さんと半分ずっこにする。

その日はホテル本能寺というところに泊まった。ごはんを食べたり、お風呂に入ったり、騒いだりして、それから新京極におみやげを買いに行く。観光地ではしっかり気を持っていないと、とてもくだらないものを買ってしまう。一番小さな八つ橋を、私は買った。

名作大漁
書店繁盛
読書三昧
発見！角川文庫

名作大漁

泣ける

「ラン」
森絵都

心に残る

「人間失格」
太宰治

新感覚
エンタテイメント

「万能鑑定士Qの推理劇 I」
松岡圭祐

発見！角川文庫
2013

次の日は大阪に移動し、ユニバーサル・スタジオ・ジャパンに行った。地球儀の前で写真を撮り、ターミネーターやジョーズに驚き、シナボンというとてつもなく甘いものを食べた。恐竜や水しぶきに騒ぎ、ETと指を合わせ、ウッドペッカーと握手する。

六時間、というのが、私たちがそこに滞在した時間だった。まだ見ていないものがあったし、もう一度乗りたいものもあったし、シナボンもまた食べたい。いつかまたここに来れたらいいな、と思う。

それから奈良に移動し、サンルート奈良というところに泊まった。ごはんを食べ、お風呂に入り、部屋会議というものをした。それが終わると移動して、班会議というものをする。

風呂上がりの石井さんは、何だかつるんとして可愛かった（岡田くんたちはいつもと大して変わらない）。班会議では昨日や今日の反省をするのだけど、私はいつもと同じように書記をする。

ホテル本能寺で幽霊が出たと言って泣きだした小林さんのこととか、寝ぼけて「五十番！」と叫んだ川口くんのこととか、話題はそんなことばかりで、ノートに書けることはほとんどなかった。あとは岡田くんが押し入れから大飛鳥アルバトロスをして、枕を破いて部屋をそばがらまみれにしたらしい。そのあとすごく怒られて、正座させられたらしい。

キラー・カーンは全米を震撼させ、岡田くんはそばがらをまき散らして正座させられる……。

もうしません、と岡田くんは言い、その反省の弁を私は提出プリントに書く。明日になれば修学旅行も終わりで、そのことを私は考えないようにしている。終わることを怖れすぎないようにしている。

その日は疲れていたのか、熟睡することができた。

朝起きれば、朝食はバイキングで、これが最後の朝食だった。みんなで朝食を食べるなんてもう二度とないだろう。私たちは荷物をまとめ、バスで法隆寺に向かう。ガイドさんの引率で、世界最古という木造建築を見学した。五重塔や金堂《こんどう》や宝物館《ほうもつかん》で仏像を眺め、夢殿《ゆめどの》の前で写真を撮る。法隆寺は想像していたよりも広くて、国宝の何々とか見るものがたくさんある。

ざっと見学したのだけれど、駆け足すぎて、これは鑑賞ということとは違うな、と思った。でもそれでよかった。

いつかまたここに来よう。そんな気持ちを、私はここに残そう。

次にここに来るとき、きっと今日のことを思いだす。いつかまたここに来ようと思ったこと。そんな気持ちを、ここに残そうと思ったこと。次に来るとき私はどんな物語の中にいるんだろう、と想像したこと。

それから奈良公園まで、バスで移動した。

南大門《なんだいもん》の前で集合して、最後の班行動が始まる。門の前で、〝阿《あ》〟を岡田くん、〝吽《うん》〟を柳くんがやって、四人は写真に収まる。

柿の葉寿司というものを買って、私たちはベンチに座った。

芝生の向こうでは、トーガくんたちのグループが騒いでいた。彼らのグループは屋台でいろいろなものを買って食べているのだけど、トーガくんは今までにお金を使いすぎて何も買えないと騒いでいる。やべえよー！　もうシカせんべいしか買えねーよ！

「あいつのギプスに、昨日みんなで落書きしたんだよ」

と、岡田くんが言った。

「何書いたの？」

と、石井さんが訊く。

岡田くんは〝犬にひかれてごめんなさい〟と書き、柳くんはスヌーピーの絵を描いた。他の男子は〝京都奈良〟とか、〝大阪〟とか、〝新幹線〟とか、〝サンルート奈良〟とか、そういうことを書いたらしい。

そのトーガくんは今、ものすごい勢いでシカに囲まれていた。柿の葉寿司を食べ終えた柳くんと岡田くんは、そちらのほうに駆けだす。私と石井さんはそれを見て、ちょっと笑う。

「ばかだねえー」

と、石井さんは言った。

「でもシカ可愛い」

「うん、可愛いね」

「私、シカせんべいって、シカの顔をしたせんべいだと思ってた」

石井さんは私の顔を見て、その後、猛烈に笑いだした。

「白原さんって面白いねー」

あはははは、と笑いながら石井さんは言う。私も何だかおかしくなって、少し笑った。

石井さんにそんなことを言われると、自分が本当に面白い人間のように思えてくる。

全然そんなことはないのに。

だけどきっと、そんなふうに相手に思わせられることが、石井さんの一番の魅力なんだろう。だから岡田くんは、いつもあんなに嬉しそうにしゃべるんだろう。

公園で食べる柿の葉寿司を、三日間で食べたものの中で、一番美味しく感じていた。

広大な奈良公園は良く晴れていて、シカがたくさんいる。ここはとてもハッピーで、あたたかで、ピースが溢れた場所だ。

柿の葉寿司を食べ終えた私たちは、しばらくシカと遊んだ。シカは手をかざすと、ぺこん、とお辞儀するけど、せんべいをやらないと怒って突進してくる。調子に乗ってからかっていると、囲まれてしまう。

集まってきたシカを振り切り、私たちは東大寺に向かった。目の前の大仏殿《だいぶつでん》が巨大すぎて、遠近感が狂ってしまったように感じる。

「でけえ」

一番近くまで来てから、岡田くんは声をあげた。

「凄いねえ」

と、石井さんもつぶやく。

「あれ、鴟尾《しび》」

柳くんが何故だか私に話しかけてきた。柳くんが指さす先を見れば、屋根の上に金色のしっぽが輝いている。

「でけえ！」

中に入ったとき、また岡田くんが騒いだ。鎮座する盧舎那仏《るしゃなぶつ》はもう大きいと言うのも失礼な感じで、私たちは少し半笑いにお参りする。

「なあ、大仏ってアンドレよりでかいかな？」

「あたり前でしょ」

岡田くんと石井さんは、小声で話す。

「こんなの、どうやって作ったんだ？」

「よく見ると横に線があるらしいよ。輪切りみたいなのを積み重ねていったから」

「輪切り？ってことは、横を叩《たた》けば大仏の背は低くなるってことか」

「なりません。だるま落としじゃありません」

失礼、と思いながらも、私たちはくすくす笑った。らほつ、らほつ、と言いながら、岡田くんは柳くんにちょっかいを出す。

殿内を見学し、そのまま右のほうに移動していくと、最後に穴のあいた柱があった。柱の脇では他校の修学旅行生が騒いでいた。柱の穴は大仏の鼻の穴と同じ大きさで、そこをくぐると無病息災とか、家内安全とか、とにかく何か御利益があるらしい。

誰がくぐるのかでその人たちは揉《も》めていて、だけどみんな恥ずかしがって、嫌がっている。

最終的には、彼らの中で一番背の低い男子がくぐった。頭を出したところで、彼は少しバタバタして、それでもなんとか抜けだした。その後、その子を囲んで、彼らはぎゃあぎゃあ騒いでいる。その子に触れれば、他の人にも御利益があるらしい。

しばらくして柱に近付き、私たちは顔を見合わせた。

「……おれには無理だな」

と、岡田くんは言った。

「おれも」

と、柳くんが言う。

「ここは石井しかいないだろ」

みんなの期待を集めた石井さんは、無理、と言った。

「ゼッタイ嫌だ。ゼッタイ無理」

石井さんは太っているわけではないし、くぐれるんじゃないかと思うんだけど、本人は頑《かたく》なにそれを拒む。無理無理無理、と何度も繰り返す。

「大丈夫だって」

「ゼッタイ嫌だ」

二人は珍しく、しつこく揉めている。私は少しかがんで、柱の穴を眺めてみる。穴は角がとれてつるんとしている。

「大丈夫だって。くぐれるよ」

「い、や、だ」

目の前にすると、その穴は余計に小さく感じられた。だけどその向こうには光が見える。何人もの人がくぐり抜けてきた四角い穴の向こうに、何かの象徴みたいに光が見える。

「何でだよ。くぐれるって」

「無、理」

「私が、」

立ち上がった私は言った。

「くぐってみる」

そのとき時間が止まったような気がした。三人が驚いた顔で私を見つめている。私の大好きな三人――。

この三日間、三人のおかげでとても楽しかった。中学三年になってから、この三人のおかげで、楽しいとか嬉しいとかそういうことを、いくつも感じることができた。

「……白原さん、大丈夫なの？」

「うん、やってみる」

柱に向かい、私は膝をついた。四角くて小さな穴にゆっくりと手を当てる。三人が息を呑《の》むような感じに、私を見守っている。もしかしたら今、私は中学生になって初めて自分から何かをするのかもしれない。

猫、と思った。猫はヒゲが通るところなら、全身すり抜けることができる。私はこのグループを代表する猫になって、この穴をくぐり抜ける。無口な私を受け入れてくれる石井さんや柳くんや、私のことを好きと言ってくれた岡田くんの代わりに、この穴をくぐり抜ける。

穴に手を伸ばしたら、中の空気を少し冷たいと感じた。そのまま頭を差し込めば、閉所の圧迫感に、こめかみの辺りがぞわわあとする。

肘をつき、肩を押し込むようにした。左右にかかる圧力が思っていたよりも強くて、うわー、と声が出そうになる。ちょっと無理かもしれない。これはちょっと、諦《あきら》めて戻ったほうがいいのかもしれない。

四角い穴の底を、舐《な》めるような体勢だった。穴の中は想像よりもずっと暗くて、ずっとずっと狭い。だけど目を上にあげれば、先に光が見える。

前に手を伸ばし、尺取り虫のように少し進んだ。もう戻れなかった。私はもう、戻りたくない。

脚の力を使って自分を押しだせば、ところてんになった気分だった。光へ——。少しずつ少しずつ、私は光を目指して進む。

柱の先に腕と頭が出たときは、ちょうど亀みたいな感じだったと思う。体の半分を外に出したとき、ああ、と変な声が出てしまった。光に晒《さら》されて急に恥ずかしくなって、私はもがくように外の世界に出る。

柱の先にいた石井さんが、私の手をとって、立ち上がるのを助けてくれた。

「凄い、凄い！」

石井さんはまん丸な目で私を見て、手を握ってぶんぶんと振った。そのまま私を、ぎゅーってして、背中をぽんぽんと叩く。

「白原さん、凄いねー！」

満面笑みの石井さんは、また私の手を握り、ぶんぶんぶんと振った。

「さわると福がもらえるよ」

石井さんが上気した声で言った。

近付いてきた柳くんが私の頭に手を伸ばし、ぽんと叩く。岡田君も、とんとん、と私の肩にタッチする。

岡田くんの好意に、言葉も何も返せなくて、ごめんね、って思っていた。思うだけで何もできなかった私だけど、ようやく今日、笑顔を返すことができた。

遠巻きに眺めていた他校の修学旅行生が、私たちに拍手をしてくれていた。私たちはそちらにむけて、ぺこりと頭を下げる。彼らは笑い、また拍手をしてくれる。

ぱんぱんぱん。石井さんは私のスカートについたほこりを払ってくれた。

「白原さん、凄いねー」

ぱんぱんぱん。

「ねえ、中を通り抜けるのって、どんな感じだった？」

「んー」

と、私は考える。

「ところてんみたいだった」

石井さんは一瞬私を見つめ、それから爆笑した。後ろで柳くんと岡田くんも笑っている。

中学に入って初めて私は、自分から何かをくぐり抜けようとした。その先にはこんなに嬉しいことが待っていた。

ぱんぱんぱん。

石井さんはまた、私のお尻のあたりを払ってくれる。

嬉しかった。こんなことで、そんなことを思うのはおかしなことなのかもしれない。

だけど私はそのとき、確かに何かをくぐり抜けたんだと思う。

◇

帰りの新幹線では、クラスの村山くんが手品をしていた。

右手の指が怪しい感じに動き、左手と交差する。その瞬間、何もないはずの右手人差し指に、小さなとんがり帽子のようなものが被《かぶ》さっている。と思ったら次の瞬間、それは消える。

村山くんは新京極で、そのマジックグッズを買ったらしい。結構見事なその手品に、座席を越えた注目が集まっていた。私たちのグループ四人も、席から立ち上がってそれを見物する。

「何で男子は、あんなものを買うんだろうね」

席に戻るときに、石井さんは言った。

「全然おみやげじゃないし」

女子のおみやげも実は似たようなものだけど、それでも確かにマジックグッズはないだろうと思う。

冷房が効いた新幹線の中、石井さんは制服の上に白いパーカーを羽織っていた。席に戻る岡田くんが、すれ違いざまそのフードの部分に何かを入れたけど、石井さんは気付いていない。

いいなあ、と私は思った。私も石井さんのフードの中に、何かを入れたい。

「東大寺、面白かったね」

「ああ、まあな」

「シカ、可愛かったなー」

「そうか?」

岡田くんは石井さんの頭上に手をかざす。しばらくそれを見つめた石井さんが、ゆっくりおじぎをし、二人は笑った。柳くんと私も笑う。

修学旅行はもうすぐ本当に終わりで、そのことはやっぱりさみしかった。私がノートに書く物語と違って、新幹線は一直線に終着駅へと向かう。

岡田くんは窓の外を見ながら、両手をもぞもぞさせたり、ポケットに手を入れたりしている。

「あ!」

と、彼は大きな声を出した。

「そういえば窓から恐竜が見えるらしいぞ」

「恐竜?」

「そう。多分、もうすぐだよ」

岡田くんは窓の外を見て、違う、と言った。

「右の窓だから、こっちじゃなくてあっちだ」

私たちは村山くんたちのいる右の席を眺めた。小さな窓の向こうに小さく景色が見える。

「だめだ。見にいこうぜ」

岡田くんが立ち上がると、柳くんも素早くそれに続いた。石井さんが立ち上がるのを見て、私も後に続く。

私たちは一列になって、車両のデッキへ向かった。前を歩く石井さんのパーカーのフードに、私はそっとヘアピンを入れる。

「ここから見えるの？」

「ああ。恐竜もゴリラもいるらしいぞ」

私たちは自動ドアを抜けて、デッキの狭いエリアに到着していた。岡田くんと石井さんは搭乗口の窓の両脇に立ち、私と柳くんはその後ろに立つ。

「恐竜って大きいの？」

「大仏よりは小さいだろ」

大仏が恐竜のしっぽをつかんでジャイアントスイング、と、岡田くんは柳くんのほうを振り向いて言った。柳くんは口の端を曲げて、にやり、と笑う。

窓の外は一面の田園風景だった。ときどき緑を割って、道や川や建物が見える。

「速いね、新幹線は」

景色を眺めながら、石井さんは言う。

「時速三百キロだからな」

「それって音より速そう」

「速くねえよ」

岡田くんは素早く応えた。

「ウルトラマンはマッハ5で飛ぶから、音の五倍だけどな」

「速！」

「だけどしょせんウルトラマンなんて量産型ゾフィーだから。ゾフィーはマッハ10だから」

「ゾフィーって何？　ティガより強いの？」

「ティガ？」

岡田くんは、ふふん、という感じに笑った。

「ティガとかレオとかはな、そりゃあちびっこには人気あるかもしれないけど、しょせんゾフィーに比べればザコだから。最強なのはゾフィーだよ。大仏よりも強《つえ》えよ」

新幹線のデッキに立ち、岡田くんはゾフィー最強論を展開する。

「ゾフィーは、命を二つもってるしな」

「何それ？　寿命が二倍じゃだめなの？」

「だめだよ。ゾフィーは命を兄弟にあげちゃうからな。優しいんだよ」

「ふーん」

景色を左から右に溶かしながら、すべるように新幹線は進む。

「優しさを失わないでくれ」

と、岡田くんは言った。

「弱い者をいたわり、互いに助け合い、どこの国の人達とも、友だちになろうとする気持ちを失わないでくれ。たとえその気持ちが、何百回裏切られようと。それが私の、最後の願いだ」

岡田くんはまっすぐ窓の外を眺める。

「……それって、」

と、石井さんが問う。

「それって、誰の言葉なの？」

「ウルトラマンエース」

「エース」

石井さんもまっすぐ窓の外を眺める。

「ゾフィーじゃないんだ……」

窓の外の景色は、流れていく。未来から過去へ、時間が流れるみたいに。

私たちはしばらく黙って、窓の外を眺める。

「あーあ、でもさあ、」

と、石井さんはため息をつくように言った。ばん、という音とともに、突然、視界が防音壁に遮られる。

「もう修学旅行も終わっちゃうんだねー」

ちく、と、胸が少し痛んだ。目をぎゅっと瞑《つぶ》って、私は気持ちを立て直そうとする。

目を開き窓の外を眺めれば、灰色の壁の黒いラインが、猛スピードで這《は》う蛇のように前に進み続ける。

岡田くんがポケットに手を突っ込み、何かをごそごそやり始めた。

「ねえ、さっきから何やってんの？　手品のマネ？」

「ちげーよ」

「ふーん」

たん、という音がして、目の前の壁が途切れ、また視界が開けた。窓の外にはちょっとした街並みが広がっている。

「あ！　ねえねえ、ほら」

石井さんが声をあげた。

「ハトだ。大きい！」

街並みの中、巨大な鳩がまさに飛び立とうとしていた。青と赤をバックにした、鮮やかなその白い鳩を、私たちは見つめる。

「お前なー、あれはイトーヨーカドーっていうんだよ」

空へ飛び立とうとする象徴の白は、左から右へ流れていき、やがて窓ガラスのフレームから消え去る。完璧《かんぺき》に、永遠に、それは消え去る。

ちくり、と、また私の胸は痛んだ。

あの頃のことを思いだしそうになると、いつもこんな予兆がある。胸が苦しくなる前に、私は自分の手をぎゅっと握る。

「ああー！　ねえ、今、エビ出したでしょー！」

と、石井さんは騒いだ。

「出してねえよ」

「それってもしかして手品？　でも何でエビなの？」

「エビじゃねえよ」

「えー、じゃあ見せてよ」

岡田くんが右手を開くと、そこには小さなエビのレプリカがあった。

「やっぱりエビじゃん」

「ああそうだよ。じゃあ今からこのエビを、瞬間移動させるぞ」

岡田くんは右手を握り、念をこめるポーズをする。

「瞬間移動？」

「むう……」

……。

「まだなの？」

「もう少し待て」

……。

「ねえ、エビを握っただけに見えるけど」

「もう少し待て」

……。

……。


六年生のとき、写生大会の課題で賞を取ったことがあった。その絵を先生がすごく褒めてくれて、多分、それが直接の原因だったと思う。

褒められて嬉しいの？　その日、同じクラスの女の子に言われた。何て応えていいかわからなくて、私はあいまいに頷いた。へー、嬉しいんだー、と、その子は言った。その声がとても冷たくて、背中がぞわりとしたのを覚えている。

その子は背が高くてちょっと太っていて、声が大きくて明るい子だった。だけどときどき笑ったときの目つきが、意地悪な感じに見えることがあった。普段の目からは何も伝わってこないのに、笑ったときだけ陰険に感じる。

それで次の日から、私はそのグループの子たちに、何かと嫌みを言われるようになった。嫌われたのかな、と思っていた。やがて上履きを隠されたときに、これはいじめなんだと、ようやく気付いた。

だけどそういうことで泣くわけにはいかなかったから、私は平気な顔をしていた。小さな頃から、しっかりしなきゃいけない、と思ってやってきた。お母さんに心配をかけるわけにはいかない。普通に学校生活を送って、なるべく早く、大人にならなきゃならない。

ある日、テストの時間、私の消しゴムが無くなっていた。前の時間まではあったから、きっとそのグループの子たちが隠したんだと思う。用紙の裏に下書きしたりしながら、私はテストを何とか乗り切るしかなかった。

どうしてこんなことを喜ぶ人がいるのか、私にはわからなかった。

でもわかっていた。こういうことをする人はいつか世界に許されなくなり、そのうちに何もかもうまくいかなくなる。こういうことをして手に入れたようにみえるものは、とてもつまらなくて、でも何故つまらないのか、気付くこともないだろう。

だから、意地悪な人がいるんだなあ、とだけ思うようにした。捨てられてしまった消しゴムや上履きのことを考えると、とても悲しくなったけど、泣かないようにした。

だけど、そういうのはまだ小さなことだったのかもしれない。それはある朝、突然に起こった。

登校して教室に入った瞬間、ふっ、とみんなの雰囲気が変わった。目の前の空気が急に温度を変え、気付けば誰も私の顔を見ていない。

無視されている……。

いたたまれなくなった私は、うつむきながら自分の席に座った。

その日から、クラス中の女子が口をきいてくれなくなった。昨日まで仲の良かった友だちに話しかけても、能面のような表情が返ってくるだけだ。近付こうとすると、すーっと、遠ざかっていく。誰かと目が合っても、すぐに逸《そ》らされてしまう。

どうしてこんなことができるのか信じられなかった。どうしてこんなに突然、一方的に何かを終わらせてしまうことができるんだろう。どうしてこんなに冷たいことが、教室の中で起こるんだろう……。

それから毎日、うつむきながら過ごした。目を逸らされるのが怖くて、顔を上げることもできなかった。泣くことも怒ることも、同情を引くことも、相談することもできなかった。後ろで誰かが笑うと、自分のことを言われている気がして、極度に緊張した。みんなの視線に触れないように、ほとんどの時間を座って過ごした。

学校に行かないとか、そういうことは私にはできなかった。いつかみんなが、こういうことに飽きてくれることだけを願い、待ち続けるしかなかった。教室では私の周りにだけ、淀《よど》んだ空気の壁があるみたいだった。笑い声に怯《おび》えながら、私は毎日息を殺し続けた。心が細い糸になってしまったようで、いつもいたたまれなかった。

ある日、何とかその一日をやりすごし、ほっとして帰宅しようとした。だけど帰り道、歩道橋のところにクラスの女の子たちがいるのを見つけて、反射的に私は隠れていた。逃れるように道を逸れ、アパートの陰でうずくまる。

遠くから鳥の鳴き声が聞こえた。アパートの住人が出入りする音に、さらに奥のほうへと逃れる。胸が苦しくなって、泣きそうになってしまったけど、必死に我慢した。どれくらいの時間そこに隠れていたのか、よくは覚えていない。

やがて私はおそるおそる通学路に戻った。歩道橋の辺りにはもう誰もいなかった。ほっとして、私は歩きだしていた。だけど十歩も歩くと、悲しくて、情けなくて、泣いてしまった。そのことで泣くのは、それが初めてのことだった。涙と鼻水が止まらなくて、顔がぐちゃぐちゃになる。

家に着くまでに泣き止もうと思ったんだけど、それができなくて、そのまま歩き続けた。誰かとすれ違いそうになると、うつむいて顔を隠す。隣の小学校の学区域に入り、堤防の上を歩き、それでも泣き止めなかった。暗くなるまで彷徨《さまよ》うように歩いた。泣き止むためだけに、私はどこまでも歩き続けた。

それからちゃんと泣き止んで家に戻ったんだけど、その夜、お母さんに、どうしたの？　といきなり訊かれた。別に、と私は答えていた。

それで私は、もうどんなことがあっても泣かないと決めた。別に﹅なんて、私はお母さんに言いたくなかった。

結局、小学校を卒業するまで、クラスの女子に無視され続けた。そのことには少しも慣れることができなかった。私は怯えながら時間が過ぎるのを待ち続けた。

春休みになり、それが終わると、何ごともなかったかのように中学生活が始まった。新しいクラスには、私のことを無視する人はもういない。

以前仲の良かった子が、私に謝ってくれた。ごめんね、と言う彼女に、いいよ、気にしてない、と応えた。他に言いようはなかった。

彼女は許されたいんだな、と思っていた。

そういうことを頭の遠くで思うだけだった。


「……よし」

と、岡田くんは静かに言い放った。

「瞬間移動は成功したぞ」

岡田くんはさっと右手をポケットに入れ、それからカラになった右手を開く。

「いや、それ瞬間移動じゃなくて、エビをポケットに入れただけじゃん」

「違う。エビは既に移動している」

「どこに？」

「どこだと思う？」

「だから、そのポケットでしょ」

「違う」

岡田くんは自分のポケットを、ぱんぱん、と叩く。


あれから私は、いろんなことが怖くなった。

友だちに気持ちをぶつけられるのが怖かったし、ぶつけるのはもっと怖かった。私はもう嫌われたくないし、だけど嫌われるようなことは、普通にしていても起こってしまう。理由とか原因とかに関係なく、何かは突然終わってしまう。

学校では、呪われたみたいに無口になっていた。誰かに話しかけられると、緊張して耳の後ろが赤くなってしまう。

教室では心から笑うようなことはなくて、でもなるべく微笑んでいるようにした。それ以外のことは何もできなかった。目立たないようにすることしか、中学という箱の中で、私のやれることはなかった。

お母さんと二人で、自分とお母さんが傷つかないように生きる、私にはそれしかできないし、それ以外望んでもいなかった。お母さんは生きにくい世の中で、やっかいな私を育てている。私はお母さんを傷つけたくない。

どこかでまだ怯えながら、私は中学生活を送ってきた。

もうあれから二年以上が経ち、こうやって思いだすとき以外は、緊張したり混乱したりするようなこともなくなった。でも私はまだ何もしていない。この箱の中で、私はまだ何もしていない。

始めなきゃならないことは、いつかこの箱を出てからでいいと思っていた。それまではこの世界を、何とかやりすごすことができればいい。

私は多分、まだこの箱の中で許されていなかった。理由はきっと私が、まだこの箱を許していないからなんだろうと思う。

「エビは、亜空間を移動したんだ。今、既にそこにいる」

岡田くんは石井さんを指した。

「何、どこ？」

「お前のパーカーのフードの中だ」

「ええー」

石井さんは背中に手を回して、フードの中をまさぐった。

「何で？　何で？」

出てきたエビを見て、石井さんは爆笑した。

「ちょっとー、そういうのやめてよねー」

言われた岡田くんは、嬉しそうにしている。

「あ、」

二人の笑い声に割り込むように、柳くんが太い声を出した。

「恐竜だ」

見れば緑の田園風景の中、首の長い大きな恐竜がこちらを向いている。

「おー！」

「いるいる、恐竜だ！」

「いっぱいいる！」

何体かの恐竜は、新幹線を見学するようにこっちを向いて立っている。だけどそれらは、あっという間に、窓のフレームから消え去ってしまう。

「あー、」

消えた瞬間、石井さんが細い声を出した。

「三匹くらいだったね」

「もっといただろ」

「ゴリラもいたよ」

「嘘！　気付かなかった」

四匹、と私は思う。恐竜が四匹に、ゴリラが一匹――。恐竜は四匹――。

泣きそうになっていた私の目が捉《とら》えたのは、合わせて五体の巨大な像だった。

ちゃんと始めなきゃならない、ってずっと思っていた。そう思えるようになったのは、この人たちのおかげだ。

本当は私は、とても怖かったのだ。

こうやって修学旅行が終わってしまうこと。楽しく思える時間が、いつか終わってしまうこと。そのことがわかっていること——。

石井さんや岡田くんや柳くんは優しくて、そのことに理由なんてなかった。私はこの人たちに何も返せないし、うまく笑うことだってできないのに、この人たちはとても優しい。何もできない私を、赦《ゆる》してくれている。私は多分、自分のことをちゃんと赦してあげられないのに、この人たちは私を赦してくれている。そのことにはきっと理由なんてない。そのことには理由なんてないのに——。

いつかは始めなくてはならないって、ずっと思っていた。当たり前に友だちを作って、人と人との関係を育て、恋人を作って、いつかは子供を作って、家族を作る。そういうことを私は、少しずつでも始めなきゃならないって、本当はずっと思っていた。

箱の中のことだって、そういうことに、ずっと繋がっているって、本当はちゃんとわかっている——。


「……白原さん？」

私は顔を両手で覆って、声を出さないようにしていた。

「白原さん、ねえ、大丈夫？」

石井さんが私の肩に手をおいて、優しく顔をのぞき込んできた。それから彼女は黙って私を抱き寄せてくれて、私は、うああ、とか何とか声を出して泣きだしてしまった。

「大丈夫だよ」

石井さんは私を抱きしめ、背中をさすってくれる。

小学生のとき以来だった。もう泣かないって決めていたけど、これからはもう絶対泣かないって決めていたけど、涙が止まらなかった。ぶるぶる震えながら、私は号泣していた。

「ほら。男子は、もう席戻って」

その声はずいぶん遠くで聞こえた気がする。

「また来ようぜ」

上のほうから、柳くんの低い声が聞こえた。柳くんは、ぽんぽん、と私の頭を叩き、去っていく。

「エビ、あげるよ」

岡田くんは私のスカートのポケットにエビを入れ、去っていく。やがてデッキの自動ドアが開く音が聞こえる。

涙は全然止まらなくて、石井さんのパーカーはかなり濡れてしまっていた。ごめんね、と言おうとして、ごおむ、とか何とか私はうめき声のようなものをあげてしまう。そのことでまた、ごめんね、って思って、よけい私は泣いてしまう。

石井さんは背中をさすり続けてくれた。新幹線は滑るように進む。

ごめんね、って、何度も何度も、私は思った。ありがとうね、って、何度も何度も、私は思う。


本当は私は気付いていたのかもしれない。きっと谷風くんの旅にも、ちゃんと意味があったのだ。

私はこの二週間開かなかったノートのことを思う。終わらないことで安心していた物語を思う。

あの物語には始まりがあった。最初に出てくるのは旅を続ける谷風くんだ。含み、含まれながら進む物語の最後で、誰かが谷風くんのことを語る。それでこの物語は一周してしまう。〝終わらない物語〟は、それで一つの輪になって閉じる。だから実は、私は簡単にこの物語を終わらせることができる。

きっと、と私は思う。きっとどこにもいけない市場の女も、目を覚まさない妹も、うなぎのおねえさんも、イノセントという名の犬も、私自身なのだ。谷風くんや、病院のお兄さんだって、私を見つめる私自身なんだろうと思う。

私は谷風くんを赦してあげたかった。そうすれば自分のことだって赦してあげられる。

今まで物語を終えられなかったことにだって、ちゃんと意味がある。きっと私は、私が書く物語に発見されたかったのだ。

私はこれから私の物語を書き、谷風くんを発見しなければならない。そして谷風くんの代わりに、私が旅をしなければならない。

きっと本当は、気付いていた。

新幹線はあっという間に、目的地に着くだろう。だけどこういう旅行だって、何かを含む物語で、またいつか、何かに含まれる物語になる。

私たちの小さな小さな世界は、これから否応《いやおう》なく、大きくなっていく――。

「……ごめんね」

ようやく私は声に出した。泣き止んだ私は、ハンカチで顔を拭《ふ》く。それからべとべとに濡れてしまった石井さんのパーカーを握る。

「これもごめん。濡らしちゃって」

泣き笑いしながら、私は言った。

「ううん、こんなのいいんだよ。それより白原さん、大丈夫？」

「……うん。ありがとう」

「何かあったら、いつでも相談してね」

石井さんは可愛らしい笑顔で、微笑みかけてくれる。

「……うん」

ティッシュを取りだし、私は洟《はな》をかんだ。

「あとごめんね。私もそこにヘアピン入れたんだ」

「えー！」

石井さんは驚いた顔で、背後のフードに手を回す。中からヘアピンを取りだし、うははははは、と笑う。

「えー、どうして？　どうしてこんなの入れたの？」

「あのね、好きな人のパーカーのフードには、何か入れたくなるんだよ」

私はようやく笑顔を作ることができた。

「へえー」

石井さんは感心した表情で、私を見つめる。ぶーん、と、私はまた洟をかむ。

「ねえ、石井さんは、岡田くんのことが好きなの？」

「えー」

石井さんは、ちょっと困ったような表情をして笑う。

「好きだよ。誰にも内緒だけどね」

石井さんはちょっといたずらっぽい顔で笑った。

◇

修学旅行で、私は私自身の中に、確かに何かを残した気がする。

もちろんそれだけで私自身や、私を取り巻く世界は劇的に変わらないけど、これからちょっとずつ変わっていく気がする。ちょっとずつというのは頼りないけど、今はまだそれでいいと思う。

あれから私たちは日常に戻り、中学生活は終わりへと向かった。石井さんと岡田くんは毎日飽きずに笑いあい、ISGPチャンピオンシップには、何度か王座の移動があった。

夏が終わると、席替えがあってグループは分かれてしまった。それからはクラスの中が、受験の色に染まっていった。

十一月、十二月、一月……、二月。私は結構頑張って勉強して、東校に受かった。柳くんと岡田くんは北高に受かり、石井さんは西高に受かった。

三月。私たちは卒業式を迎えた。

式では村山くんが卒業証書をもらったあと、ムーンウォークで後ろに下がり、みんなの喝采《かっさい》をさらった。それから校長先生が何か良いことを言った気がするけど、あまり覚えていない。

式を終えると、教室に戻り、担任の話を聞いた。中学生活で培ったものを忘れずに、充実した高校生活を送ってほしい、と担任は言う。普段の四割増しで、それが良い話のように聞こえる。

それから写真を撮ったり、色紙を交換したりした。私は石井さんに声をかけ、柳くんや岡田くんも一緒に写真を撮ってもらった。みんな嬉しそうな顔をしてくれる。

良く晴れた卒業の日、教室は七分咲きのセンチメンタルに満ちていた。

ずっと一緒にいたけど、もう会わない人もいる——。そのことは全然実感を伴わずに、もやもやとしたセンチメンタルに変わる。それくらいのセンチメンタルが、中学生のお別れには似合う。

最後に十人くらいの集団で教室を出て、校門に向かった。私の少し前には石井さんと岡田くんがいて、二人はいつもと同じように馬鹿な話をしていた。だけど校門のところに着くと、急に、じゃあまたね、と言って別れた。

その言い方が、何だか素敵で、そのことを二人は忘れてしまうかもしれないけど、私は覚えておこうと思った。最後にそれを覚えておこうと思った。

じゃあまたね——。じゃあまたね——。

二人は付き合ったりはしていないみたいだし、これから付き合うことも（あるかもしれないけど）ないのかもしれない。だけどそれも、あの二人らしくていいと思った。

十六夜《いざよい》には十五夜より五十分遅れて月がいざよいながら昇る。何となくあの二人には、そんな十六夜が似合う。

これから二人に何があっても、私はいろんなことを覚えている。二人が忘れてしまっても、私は覚えていようと思う。

いつか私は、自分の子供に二人の話を披露したかった。お母さんが私に、青木くんの話をしてくれたみたいに。そのことが何だか、とっても素敵なことに思えるから。


それから私は、ちょっとした冒険のようなことをした。もしかしたらそれは、私の中学生活で一番の冒険だったかもしれない。

校門のところで、私は柳くんを待った。何分かすると、柳くんが卒業証書の筒をくるくると回しながら歩いてきた。

「よお」

と、右手を上げた柳くんの胸に、第二ボタンはなかった。

へえー、と私は思う。柳くんってモテるんだな。さすがＩＳＧＰ最後のチャンピオンだな——。

「えっと……」

と、私は言った。

「柳くんは、メダルって持ってる？」

もしかしたらそのとき私は初めて、ヤナギクン、と発声したのかもしれない。

「メダル……？　ゲーセンの？」

「うん。持ってたら、メダルをください」

柳くんは不思議そうな顔をした。

メダルをくださいって、何だか不思議ちゃんみたいだけど、本当はボタンをもらおうとしていたのだ。だって、ついていないからしょうがないじゃないか――。

「今は持ってないな」

「ポケットにも入ってない？」

柳くんはポケットに手を突っ込み、確認してくれた。もしあったなら、石井さんが岡田くんに貰ったみたいに、私も貰おうと思っていた。

「……入ってない」

柳くんは少し困った表情をした。

「ごめん。ないならいいの。ありがとう」

振り返って去ろうとした私は、「なあ、」と呼び止められた。

「取りにいくか？」

と、柳くんは言う。カチ、カチ、カチ、と、音が聞こえる。

「この街のメダルは、全部おれのものだよ」

カチ、カチ、と、柳くんはポケットの中で何かを鳴らす。

「うん」

と、私は応えていた。

メダル王みたいな顔をして何かを鳴らす柳くんを、何だかとても頼もしいな、と思っていた。

第三章

遊星ハロー

あるの？　ホントにあるの？

あるよ、確かめに行くか？


中学を卒業するときに、グループで寄せ書きのカードを書いて、そこに〝何かとてつもなくおかしなこと〟を書いたという話題が、きっかけだった。

どんなだっけなあ、と、僕らはすっかり酔っぱらった頭で、十年前に思いを馳《は》せていた。それは不確かな記憶だけど、凄く変なことだったというのは二人とも覚えている。でも具体的なことは全然覚えていない。

まだ持ってるかもしれない、と言うと、見たい見たいと石井さんは騒いだ。

過去のいろんなものが入った箱が部屋のどこかにあって、その中に寄せ書きも入っているはずだった。寄せ書きってのは未来を思って書くもので、それを確かめに行くのは、こんな夜の最後に、とても相応《ふさわ》しい行為に思える。

会計を済ませ、店を出た僕らは、ふらつくように夜を歩いた。

いろんな色の光に溢《あふ》れた雑踏では、酔った人々の声が、川のせせらぎみたいに聞こえていた。何だか無性に嬉《うれ》しかった。あれから十年を経て、石井さんと僕は一緒に夜の東京を歩いている。そのことはとても不思議で、でも当たり前のことみたいだ。楽しかった。僕らそれぞれの十年は、この夜のためにあった気さえする。

行くぞ、石井！

いつの間にか僕は、あの頃のように、彼女を〝石井〟と呼んでいた。店でハイボールを何杯か飲んでから、記憶がまだらになっていた。会話や光景や気持ちの高まりみたいなものが、途切れたショートフィルムのように、ところどころ記憶として残っている。

行くぞ！　百年間、仲間と再会できなかったマリオンの代わりに！

調子に乗っていたと思う。石井さんも何かを騒いでいたけど、よくは覚えていない。タクシー乗り場でタクシーに乗り、新木場へ、と告げた。のろのろと出発したタクシーは、信号で右折し、すすーっと右車線を進む。

凄いね。これで行けちゃうって凄いね。

なー、大人になって良かったよなー。

夜の晴海通りを、タクシーは滑るように走る。窓の外の光は、きらきらと後方へ流れていく。

きれいだねー。

おお。マリオンにも見せたかったよな。

ホントだねー。

清澄《きよすみ》通りからでいいですか？　と、控えめな声で運転手さんは訊《き》いた。ええ、と僕は答える。深川ギャザリアのほうに向かってください。

それからですね、と僕は言いそうになる。

おれたち今日、十年ぶりに会ったんですよ――。中学の頃からいいヤツだったけど、今夜、もっともっと彼女の魅力に気付いたんですよ――。今おれは彼女と仲良かったことを、みんなに自慢したいんですよ――。

終電の無くなった夜を、タクシーは快調に飛ばす。

ねえ、マリオンって何だっけ？

カメだよ。おれたちはカメのマリオンの代わりに、こうやって会ってんだよ。え、そうなんだっけ？

あまり覚えていないんだけど、それから料金を払って、僕らはタクシーを降りた。去っていくタクシーのテールランプが、路地の角に消える映像を覚えている。点在する街灯の他に光はなくて、今まできらきらしていた世界のチャンネルが、急に変わったと感じたことを覚えている。

歩きだせば、建物の向こうに急に月が見えた。

「おお、満月だな」

「きれい。十六夜《いざよい》の月だね」

僕らは少し声のトーンを落として話した（だけど実際には、かなり大きな声でしゃべっていたかもしれない）。部屋に近付くにつれ緊張したはずなんだけど、わくわくする気持ちのほうだけを覚えている。

偶然と奇跡と陰謀が混ざって、僕らはこんなところまでやってきた。そのときはただ、この夜がもう少し続くのが嬉しかった。

部屋の鍵《かぎ》を開けたとき、真っ暗な玄関に二人で入る感じになって、少しだけ緊張した。だけど電気を点《つ》けると、特に何ということはなかった。

テーブルの前に座った石井さんは、へえー、とか言いながら部屋を見回している。

不思議だった。あの頃一緒に給食を食べていた石井さんが、見慣れた自分の部屋にいる。ここに石井さんがいるのが不思議なのか、ここが自分の部屋なのが不思議なのか、どっちも同じくらい不思議だった。

ビールを冷蔵庫から出して、一応、という感じに乾杯した。

賑《にぎ》やかしにテレビをつけ、早速、押し入れを開けた。四つん這《ば》いになってあれこれ探し、『フジタ製麺所《せいめんしょ》』と書かれた古い段ボールを一番奥から引っ張りだす。その後しばらくのことは、フィルムが繋《つな》がったようによく覚えている。

この中にあるはずだと言うと、どれどれ、と石井さんが覗《のぞ》き込んできた。

段ボールの中は、古い紙の匂いと、ごちゃ混ぜのカオスに満ちていた。一番上にインスタントコーヒーの瓶が二つ入っていて、一つにはフズリナの化石が、一つには土器のかけら（と信じていたけど実際には古い植木鉢か何かかもしれない）が入っている。野球カードのアルバムもある。変なチャンピオンベルトもある。

何これー、とか言われまくった。一番下を探ると、ROZAの青いクッキー缶が出てきた。開けるとその中に、写真や手紙やカードが入っている。

十年前、僕らが書いた寄せ書きも、そこに入っていた。

そこには確かに、〝何かとてつもなく奇抜なこと〟が書いてあった。僕らはのけぞりながら、カードを見つめる。

このサイン帳は将来高値で売れます。
岡田慎司

努力
柳孝明

だから今でも私とイノセントは、夕方になると散歩に出かけます。
おおう、おおう。
イノセントは谷風くんのことを思って、今日も吠えるのでした。
だけどイノセントは、谷風くんが幸せになったことを、ちゃんと知っていたのでした。
白原奈津子

約束して！不慣れな局地戦では防護服を必ず着て、周りの様子に気をつけて！
みんな、もんがれ病にはモンゼットだよ！
石井由里子

何だ！　これは何だ！

凄いね。

モンゼットって、お前、何書いてんの？

意味わかんないね。

不慣れな局地戦って何だよ！


このサイン帳は将来高値で売れますというのは、中学生とはいえ相当頭の悪い発言だ。柳の努力というやつはブルースを効かせやがってずるいと思う。白原さんのはまさに〝何かとてつもなく奇抜〟で、寄せ書きにあるまじき、不思議な風を吹かしている。

これね、思いだした。白原さんのを見て私もこういうの書かなきゃって思ったんだよ。

へえー。これ、谷風くんって何？　誰？

わかんないね。不思議な文章だね。

何かの物語なのかな？

うん……。小説のエンディングみたいだけど……、あっ！

おおー、そう言えばこれ、撮ったなー。

撮ったねー。

石井さんの手元には卒業式のときに撮った、僕ら二人だけの写真があった。白で縁どられたフレームの中、石井さんは満面の笑みでピースをしている。その隣で僕は、右手の人差し指を上げて、ふざけたポーズをしている。

甘酸っぱいね。
ああ。実に甘酸っぱいよ。
この写真どうして持ってるの？　私持ってないよ。
え、どうしてだろ……。
これってさ、白原さんが撮ってくれたんだよ。
そうだっけ？
私は貰《もら》ってないと思うんだよね。
あー、わかった、わかった。高校のとき柳が持ってきたんだよ。はいこれって。
へえー。
思いだした。この写真撮ったあと、石井は泣いたんだよ。
泣いてないよ！
いや、泣いたよ。覚えてないの？
うん。全然覚えてない。

何で覚えてないんだろう、と思った。

石井さんはあのとき、本当に泣いたのだ。見た者より、泣いた本人のほうが覚えているると思うのだが、どうやらとぼけているわけでもなさそうだ。

女子ってのはときどき全然わからないやな、と、ビールを飲みながら思う。


一瞬泣いて、どっか行っちゃったんだよ。しばらく経ったら戻ってきたけど。

まあ、そうだったとしたらあれだよ。アイスクリームファンタジーだよ。

何それ？

いや、なんとなく。

だけどこの写真撮った日が最後だよね、おれらが会ったのは。

うん。

最後にしゃべったこととか覚えてる？

何だろう……。

多分凄く、くだらないことだと思うけど。

まあ、そうだろうね。

その次にしゃべったのは今日なんだよ。「久しぶり」って石井さんは言ったんだよ。

そっか。そういうことになるのか……。

写真の中で学生服とセーラー服を着ている二人は、あれ以来、初めて二人きりになって、今こんなところにいる。

じゃあさ、村山がムーンウォークしたのは覚えてる？

ああー、覚えてる！

あとさ、柳と白原さんと四人で写真撮ったよな。

撮ったね。

あの写真はあるのかな。

そのときの写真を探してみたけど、どこにも無かった。そう言えばその写真は、一度も見たことがない気がする。

それからアルバムを見たり、土器を鑑定したりしながら、僕らはちびちびとビールを飲んだ。

修学旅行の写真が出てきたので、それを眺める。東大寺の南大門の前で、石井さんと白原さんが並び、その両脇で、僕が『阿《あ》』を、柳が『吽《うん》』をやっている。

わー、懐かしいね。

何が出てきても、おれは頭が悪いなあー。

でもさ、みんな何かきらきらしてるよね。

そうだな。石井のポケットには〝覚えたてのラブソング〟が入ってるしな。

はは、と恥ずかしそうに石井さんは笑う。笑いながら僕を見る彼女が、とても可愛い。

修学旅行っていうと、大仏のイメージだな。あれはデカかったなー。

奈良か……。懐かしいね。

あ、じゃあさ、今度、奈良に行こうぜ。

えー、面白そう！

そういえば何かみんなで、また奈良に来ようって約束しなかったっけ？

えー、全然覚えてない。

してないかな……。


奈良の記憶は遠く、覚えていることは幾つかのエピソードに分断されていた。瞬間だけを切り取った、スナップ写真みたいに。

だけどその日、僕の部屋で起きたことは、連続する物語だった。うねるような情感を伴って連続する、濃密な物語そのものだった。

だけどこういうのも、いつの日か、ありふれたエピソードのようなものになってしまうのだろうか……。

僕の部屋で、石井さんはとても楽しそうに笑った。笑顔で僕を見る彼女はとても可愛くて、うつむいたときに見える横顔はどきどきするほどきれいだ。

彼女の横顔には、ちゃんとあの頃の面影があった。最初はそう思っていた。

だけど今、もう面影みたいなものを感じることはなかった。あの頃の石井さんの印象は、目の前にいる彼女に吸い込まれ、混ざり合って溶けていく。あの頃の石井さんではなく、目の前の石井さんが可愛い。

僕はベッドにもたれていて、石井さんも同じようにしていた。いつの間にかテレビの放送が終わっていて、僕はスイッチを消す。

これから、と思った。これからどうするんだ、どうなるんだ、という逡巡《しゅんじゅん》は、本当はもっと前から、頭の中にあったのかもしれない。

熱い感情の塊のようなものは、尾をひく彗星《すいせい》のようにぐるんと頭を一周し、それから体に熱を残して、すっと消える。

僕らは十年前のように、バカな話をしている。だけど少し間が空くと、また彗星がぐるんとし、すっと消える。笑う彼女の唇の形が、気持ちの奥のほうに焼きつくように居残る。

中学を出て、彼女との間にはずっと大きな距離があった。だけど今は数十センチメートルまで大接近している。どきどきしちゃいけない、と思う。今日久しぶりに会ったばかりじゃないか、とも思う。でも本当は、もうずっと前から、僕はどきどきしている。

ぐるん、と彗星は回った。ぐるん、ぐるん。彗星が残していった熱は気持ちの奥のほうに溜《た》まっていく。ぐるん、ぐるん、ぐるん。それが回るたび、痺《しび》れるように体の芯《しん》が熱くなる。

僕は彼女の肩に手を伸ばしていた。どうしてそんなことをしたんだろうと思う。だけど、そうしなかった自分というのも想像できない。自分の腕が緩いカーブの軌跡を描いて動くのを、際《きわ》やかな映像として覚えている。

彼女の肩に触れたとき、気持ちは迸《ほとばし》った。

ぐるん、と、彗星は回る。あの頃、机を並べていた石井さんが、すぐそこにいる。ぐるん、ぐるん、と、彗星は回る。そのとき、十年間動き続けた時計が、刻みを緩めた気がした。

僕らは秒速二センチメートルで距離を縮めていった。痺れるような感覚が、緊張となって全身を覆う。

どきどきどきどきどきどきどき。

抱きしめれば、彼女の呼吸する音が聞こえた。僕の腕の中、距離〇センチメートルの向こう側に、彼女の柔らかな体温を感じた。僕と石井さんの緊張が、混ざり合って高まっていく。

彼女の呼吸に耳を澄まそうとしたけど、何も聴こえなかった。彼女の吐息を首元に感じ、抱きしめる腕に力を込める。彼女の体から、迷いやとまどいが消えていくのがわかった。

彼女の顔を見つめれば、彼女も僕の顔を見つめた。

距離〇センチメートルだと思っていたけど、そこにはまだ距離があった。僕らはまた秒速二センチメートルで、その距離を縮めていく。

唇が触れたとき、全身が震えるようだった。こんなに緊張したことはなかった。二人ともおそるおそるだった。

だけどそこから先は、夢中だった。

◇

「で、どうだったんだよ？」

月曜の昼食の後、僕と門前さんは喫茶店に入っていた。

「何がですか？」

「金曜の夜だよ。同級生に会ったんだろ？」

「……ああ」

と、僕は言った。

同級生に会ったという言葉が何だかぴんとこなくて、心の中でその言葉を繰り返した。僕は金曜の夜、同級生に会った……。

「そうですね。何だか凄く楽しかったですよ」

「おー、良かったな。あれだろ？　十年ぶりなんて大したことじゃなかっただろ？」

「ええ。昔の雰囲気とかは、会ってすぐ取り戻せました」

「だよなあ」

門前さんは、スチャ、とフリスクの箱を振った。それからそっと目を伏せ、怯《おび》えた猫みたいな顔で一粒を口に放り込む。

「だけど中学の頃には気付かなかったことにも、いっぱい気付きましたね」

「へえー。それはさ、岡田くんの脳が、進化してるんだよ」

「ああ……、そうかもしれないですね」

新しく気付いたと思ったことも、本当はもともと自分の中にあったのだ。それらはきっと〝覚えている〟と〝忘れていた〟の中間で、言語化されずに十年間眠っていた。

「で、他には？」

「何がですか？」

「他には何かなかったの？」

にやり、と門前さんは笑う。

「……ああ、ありましたね」

僕はコーヒーを飲んだ。

「恋心が芽生えてしまいましたよ」

「何？」

門前さんは少し大きな声を出した。

「それはお前、随分ベタな話だな」

「……そうですよね」

「そういうので盛り上がるのは、たいてい男のほうだけだぜ」

「そうなんですかね？」

「まあ、そういう傾向が強いだろ。ほとんどの場合」

門前さんはまた、スチャ、とやって、今度は僕に一粒を差しだした。門前さんにフリスクを貰うのなんて、そのときが初めてかもしれない。

「それはどんな子なんだ？」

どんな子……？　僕は考えた。脳天を直撃するようなフリスクの刺激が、口に広がっていく。

どんな子って言われても、石井さんは愉快に笑い、ときどき困った顔をして笑う。チャンスがあればウケを狙い、全体的に優しくて、基本的にちゃんとしている。結構可愛いし、多分モテるんだろう。

「サラダガールか？」

「え、何ですか？」

「その子はサラダガールなのか、それともお肉姫なのか、それとも米飯娘なのか？」

「何ですかそれは。その三つしかないんですか？」

「まあだいたい三つだろ。漬け物ガールは米飯娘の亜流だしな」

ははは、と僕は笑った。

石井さんはサラダガールかなと思ったけど、何かちょっと違う気がした。多分、どれかと言うなら彼女は……、

「わかんないですけど、米飯娘ですかね」

「お前が自分のことをドレッシングだと思うなら、サラダガールを口説くんだよ。たれ男だと思うなら、お肉姫に行け。ふりかけ野郎だと思うなら、米飯娘だ」

何？ と思った。ドレッシングか、たれ男か、ふりかけ野郎……。自分が何なのかと問われれば、にわかには判断できなかった。

だが言えることがあるとすれば、僕はドレッシングじゃなかった。そしてたれ男でもない。

つまり、自分はふりかけだ、と気付いて嬉しくなった。おれは米飯娘に恋心を抱く、翼なきふりかけ野郎だ。

「ドレッシングと米飯娘は絶対に合わないからな。付き合ってもムダだぜ。たれならまだしも、だけどな」

「大丈夫です、先輩」

と、僕は言った。

「米飯とふりかけです。相性はめちゃめちゃいいっすよ」

「そうか、よかったな」

門前さんは少し笑った。この人は一年中、アイスコーヒーを飲む。

「そう言えば、おれにも昔似たようなことがあったよ。就職活動してたら、企業の説明会のときに、隣の席に、小学校の同級生が座ってたんだよ」

「へえー、それって凄い偶然ですね」

「そうなんだよ。それでその後飯食いに行ってな、小学校のときなんて一言か二言、全部合わせても多分、三分くらいしか話したことなかったけど、その日、初めて何時間かしゃべってな。そしたらやっぱり昔の感じが残ってるって言うか、ちゃんとあるんだよ。お姉ちゃんタイプのしっかりした子だったんだけど、その時もちゃんとした感じがよかったな。就職活動中だったからかもしれないけど。その後は別に何もないけどな」

「へえー」

「岡田くんはさ、もしかして相当惚《ほ》れちゃってんの？」

「ええ、まあ、トルネードみたいな感じですよ」

まじかよ、と門前さんは言い、フリスクをスチャと振る。その後また、物陰から出てきた猫みたいな顔をする。

この人は先週、『ブラジルで一匹の蝶《ちょう》が羽ばたくと、それがテキサスでトルネードになる』と言った。世界はそれくらい不確定だって意味だと思う。

それが僕らのことを、うまく象徴しているのかどうかはわからない。だけどあの日巻き起こった気持ちは、確かにトルネード級《クラス》だった。

「じゃあそろそろ行くか。今日はコーヒーおごるよ」

「あ、ごちそうさまです」

会計を済ませ、僕らは店を出る。よく晴れた午後の軽子坂を、二人並んで歩く。

「そのトルネードは、どこから始まったんだろうな」

歌うように門前さんは言った。

どんな羽ばたきが、そのトルネードになったんだろうな——。

坂を下りながら、僕は石井さんとの始まりについて考えてみる。

金曜の夜にマリオンの前で、久しぶり、と言って会ったとき、胸の奥のほうで、蝶はそっと羽ばたいた。そのあといろんなことをしゃべって、感動したり、嬉しかったり、そういうとき、やっぱり蝶は羽ばたいていた。

そのとき起こった小さな空気の動きは、今はもっと巨大なものになって僕の中に吹いている。

もしかしたら中学のときも、色んなシーンで蝶は小さく羽ばたいていたのかもしれない。卒業式のとき一緒に写真を撮って、そのときも蝶は、ひらひらと空に向かって羽ばたいたのかもしれない。何かが始まるとき、今がそのスタート地点だと意識できることなんてなかった。だから仮に、あのときと呼ぼう。

あのとき始まったことのすべては今、巨大な風になって僕に吹いている。


――You say hello ♪


門前さんは突然、風に溶けるような声で歌った。この人は案外、歌が上手《うま》い。

「この曲、知ってるか？」

「知らないです」

「そりゃそうだ。昔おれが創った曲だからな。おれが忘れたら、人類の記憶から消える曲だな」

「へえー」

「遊星」

と、門前さんは言った。

「タイトルは、遊星ハロー」

少し涼しくなった十月の風が、坂を駆け上がるように吹いている。

「遊星ってのはな、太陽の周りの軌道を回るだけだよ。それだけなんだよ」

歌の続きみたいに、門前さんは言う。

「だけど地球から見れば、火星が近付いて来たり離れたりするだろ？　火星と地球はだいたい十五年に一度、大接近するんだよ」


――Say hello. I say hello ♪


「最も遠くへ離れるときは四億キロメートルくらいで、最も近いときでだいたい五千万キロメートルだな」

門前さんの言葉は、歌の続きみたいに十月の空に溶けていく。

「この歌はな、例の同級生に会ったあとに、創ってみたんだよ」


――You say hello ♪


あの夜が明けた朝、僕と石井さんは同じベッドで寝ていた。

先に目覚めた僕はペットボトルの水を飲み、しばらく窓の外の音を聞いていた。アパートの窓ごしに、車の音や、人の歩く音や、鳥の鳴く声が聞こえる。やがて石井さんが静かに目を覚ます。

僕に石井さんの手を取り、親指の付け根にあるホクロを眺めた。それは見覚えのある、小さなホクロだった。柔らかいんだね、と隣から声が聞こえる。岡田くんの手って柔らかいんだね。

こんなことが起こるんだな、と思った。僕は石井さんの隣にいて、石井さんは僕の隣にいる。こんなことが起こるなんて、全然考えたことがなかった。

それから僕らはまた眠たくなって、寄り添ったまま眠った。

——Say hello. I say hello ♪

お昼頃になり、ようやくまた目が覚めた。僕はしばらく石井さんの寝顔を見つめる。彼女はすぐに目を覚ます。

おはよう、と言って、彼女にキスした。

彼女は恥ずかしそうな顔をして笑い、顔を伏せた。少し困ったような、いつもの笑い方、だけどそれともちょっと違う、初めて見る顔。昨日まで知っていた石井さんに似た、石井さんみたいな女の子。

「恥ずかしいな」

と、僕は言った。

「うん。めちゃめちゃ恥ずかしいよ」

僕らは交代で、ペットボトルの水を飲んだ。

「まさに不慣れな局地戦だったな」

ふふふ、と石井さんは笑った。それから、あははははは、と笑い直す感じに笑った。

彼女はシーツを握ったまま体を起こし、僕を見下ろした。少し困ったような、いつもの笑顔で、僕を見つめる。

わっしょい、と小さく言って、彼女は僕にキスした。

僕は目を閉じて、そのキスを受ける。それは純真で無害で、この世の全てのイノセントを込めたようなキスだった。

「……ねえ、今何時頃なの？」

「ん、と、そろそろ四時間目が終わるころかな」

「じゃあ、あれでしょ？　休み時間は相撲とるんでしょ？」

「とらねえよ」

僕らは布団の中で、くすくす笑った。

「ねえ、こんなことしてたらタカマロ先生に怒られちゃうね」

「Good morning. Good morning, Ms. Ishii」

「桂馬《けいま》の高飛び歩のえじきー」

僕らはまた笑い、猫みたいにじゃれあった。

「ねえ、私たちこんなことしてていいのかな？」

「いいよ。反省は後で、いいよ」

「でもちょっと飲み過ぎで、頭が痛い」

「どれくらい飲んだっけ？」

「わかんない。ハイボールは五、六杯飲んだと思うけど」

「飲み過ぎだよ！」

「ねえ、」

石井さんはちょっと真面目な顔をして、僕を見る。

「私こんなの初めてだからね。こんな初めて会ったような人と、こんなふうになるのは」

「初めて会ったんじゃねえだろうがよ」

僕は石井さんの肩の辺りを、かじ、と噛《か》んだ。ひゃあ、とか何とか、彼女は声をあげる。

「なあ、今度、反省会しようぜ。おれらには反省会が必要だよ」

「うん。ちょっと調子に乗りすぎたと思う」

「そうだな。反省会までに、いろいろ考えなきゃな」

「うん」

僕らは布団をかぶったまま、起き上がった。そのまま壁にもたれ、また交代で水を飲む。窓の外からは、子供の声が聞こえる。

すごいな、と思っていた。こんなことが起こるなんてすごいな。

胸の中では風が吹き続けていた。僕らにあるかもしれない〝これから〟に、もう胸は高鳴っていた。僕は反省会で、石井さんに、ちゃんと告白しようと思っている。考えてみればあの頃から、僕らは世間の常識を超えた仲良しだったのだ。

—— You say hello. Say hello. I say hello ♪


「仕事、仕事」

と、門前さんは歌に続けて言った。

「今日も肩が風で、ぶんぶん唸《うな》っちょるよ」

僕らは並んで会社のビルに向かう。

こうなったら二人目になろう、と思っていた。

その曲を覚えている、人類で二人目の男になろうと思っていた。

◇

トルネードみたいなものが去ると、世界は案外、凪《な》いでいたと思う。

降り終わった雨の名残のように、ぽつり、ぽつり、と、石井さんからのメールは届いた。日に一度か二度、あるいは二日に一度、僕らは断続的にメールを交わした。

——昨日はありがとね。

——こちらこそ。凄く楽しかった。

あの日、布団の中で、来週末にでも反省会をしようと話していた。だけど予定がうまく合わなくて、延期することになった。

——じゃあ、再来週の日曜の夜に。

——うん、了解です。

ちょうどお互い、仕事が忙しくなってきた頃だったのかもしれない。僕は門前さんから、東日本の担当を引き継ぐことになっていた。打ち合わせや顔合わせを繰り返し、出張することも多かった。

今週こそは、と毎週思うのだけれど、月曜の仕事は火曜に持ち越され、火曜の仕事は水曜に持ち越された。出張すればまた仕事がたまり、それらはまとめて週末に持ち越される。ここのところ、ずっとそんなことを繰り返している。

その週の木曜、山形に行って、バランサーの納品立ち会いをしていた。午前のうちに山形に着いて、工場の入り口でトラックを待ち、到着と同時に納品の連絡をする。

バランサーってのは、空気圧《エア》を使って重い物を動かす工作機器だ（これを使いこなすオペレーターは、屈強な恐竜を傍らに従えた戦士のようで格好いい）。

時間通り工場に納品したそれを、ライン脇にボルトを打ち込んで設置した。水平を取り、特注のアームを組み込んで、コンプレッサーに接続する。特注のアームは僕が図面を引いて作ったもので、心配していたのだけれど、無事に動いてくれた。

それから相手先の技術者と一緒に、実際の部品を持ち上げてみた。これを使えば、百キロの部品を、指先で持ち上げて、三百六十度自由に動かすことができる。おそるおそるという感じにハンドルを握り、技術者はバランサーの動きを確認する。

やがて工場内の何人かが、面白がって集まってきた。水色のバランサーの周りには、五、六人の輪ができる。簡単に使い方を説明すると、皆がそれを触りたがった。

操作ボタンを押すと、アームが部品をつかみ、プシューという音とともにエア圧がかかる。それで部品は無重力の状態になる。無重力状態を示すランプの代わりに、カプセルに入った緑の筒が、すぽん、と顔を出す。

おおー、と周りから声があがった。

「電気を一切使ってないから、ランプも空気で動いているんですよ」

「何か可愛いな」

「ええ、消えるときはこうなるんです」

エアを解除すると、しゅるん、と表示が消えた。また、おお、と声があがる。

現場のリーダーらしき人がバランサーのハンドルを握り、それから代わる代わる全員が操作した。おお、と声をあげながら、皆は嬉しそうに部品を動かす。

技術営業は職人だけど、商人だからな、と、門前さんはいつも言う。

〝損をしたくないと思って、固くなってるお客さんの財布のひもを、やんわり和らげてやって、最終的に喜んでもらうのがおれたち商人の仕事だよ。〟

そんなに数の出る商売ではないから、僕らは商人として、営業ということをかなり意識しないといけない。だけど職人としてきっちり信頼に足る仕事をして、常に技術を伸ばすことも考えなきゃならない。

〝売るっていうことの根拠に、自分の職人としての技術を含められるってのは、凄く幸せなことなんだぜ。〟

本当にそうだな、と、最近は実感できるようになった。

交易ってのは本来、お互いの喜びに根ざしているもので、僕らは商人としてその喜びを知っている。その上、モノを作る現場に立ち会って、自分の創意工夫や技術をそこに盛り込む、職人としての喜びも知っている。

〝岡田くんは今が頑張りどきだぜ。〟

その頃僕は、東北から上越《じょうえつ》、次は北関東と、活発な伊達《だて》政宗《まさむね》のように担当エリアを広げていた。

今は修理やメンテナンスに行っても、そこでうちの製品がどう使われてるかを見て、何か工夫できることはないか考えるようになった。会話をしっかりして、お客さんの新しいニーズはないか、何か提案できることはないかと、考えるようになった。

とにかく何でもやるんだよ、と門前さんは言う。

〝おれらみたいなのは、どれだけ枠をはみだせるかが勝負だよ。〟

今、水色バランサーはこの職場に無重力を与え、誇らしげに首を旋回させている。一つの仕事をやり遂げるのは、とても嬉しいことだ。

段ボールや梱包《こんぽう》材を整理し、使った工具をカバンにしまった。それから付箋《ふせん》を貼っておいた説明書を取りだす。

メンテに関する箇所を技術者に説明して、それからしばらく立ち話をした。最終の新幹線までまだ時間があったので、少しだけ工場内を見学させてもらう。

山形駅に着くまでのタクシーの中、気付いたいろいろなことをメモした。表紙に『3』と書いた手帳は、そろそろ残りページが少なくなっている。四冊目はもう少し小さいサイズにしよう、と僕は考えている。

新幹線に乗る前に、石井さんへのおみやげを買った。一人用のおみやげってのは案外難しいな、と思いながら、玉こんにゃくを買う。玉こんにゃくを食べる石井さんを思い浮かべて、ちょっと愉快な気分になる。

――今、山形です。これから東京に戻ります。

新幹線に乗り込んで、石井さんにメールを打った。

しばらく窓の外を眺め、それから九十九鶏《つくもどり》弁当というものを食べた。東京へ向から新幹線は、滑るように進む。

香ばしい鶏そぼろは、想像していたより美味《おい》しくて、得をした気分になった。お茶を飲み、九十九鶏弁当が美味《うま》い、と手帳にメモを加える。こういう情報も、いつか何か意味を持つことがあるかもしれない。

車内ではほとんどの人が眠っていた。眠る人たちは皆、ほんの少し残骸《ざんがい》じみている。お茶を飲み終えると、僕もいつの間にか眠っていた。

やがて目覚めたとき、ここは何処だ、と思った。気付けば、石井さんからのメールが届いている。


——出張、おつかれさまー。私も今、仕事が終わりました。


列車は減速し、大宮《おおみや》に到着する旨がアナウンスされた。僕は携帯電話の画面を見つめ続ける。

その短いテキストをこんなに嬉しく思う気持ちを、不思議だなと思う。だってそれはただの何文字かのテキストなのだ。画面をしばらく見つめる僕は、その向こうに何を見ているのだろう……。

新幹線は再び動きだす。車両の形に区切られた空気ごと、人々は東京に運ばれていく。

――行くぞ！　百年間、仲間と再会できなかったマリオンの代わりに！

あの日のことを、僕はまた思い返していた。

あの日、僕の目の前で、彼女は弾けるように笑った。嬉しそうにしゃべり、首をかしげ、僕を見つめ、最後にゆっくりと目を閉じた。僕の腕の中で、彼女は細い呼吸をした。

あれから、眠る前に思い返している。

石井さんの笑顔や、写真を見つめる横顔や、朝におはようと言ったときの声。あの日の翌日、思いだす彼女はくっきりとしていて、手を伸ばせば届きそうなほどだった。だけど何日か経ち、思い返す彼女の映像はどこかぼんやりとしていた。思いだそうとしても、紙一重のところで届かない気がする。思いの中の彼女は、少し輪郭がぼやけている。あのリアルな感じはもう取り戻せない。

記憶ってのは儚いもんだな、と思う。

――違います。猫のニマメの誕生日です。

過去の石井メールを読んで、少し笑ってしまった。画面をスクロールさせ、その他のメールも読んでみる。

僕らは十月十三日に連絡を取り合い、それからまだ一週間しか経っていない。〝nimame1013〟から届いたメールは、まだ二十件にも満たない。会ったのだって、まだ一回だけだ。

だけどあの日から、彼女のことばかり考えている。スーツのポケットには、あの日彼女から貰った、白紙の手紙が入っている。

彼女を思うとき、浮き立つような、奮い立つような気持ちになる。同時に、ふんわりするような、ふやけてしまうような気持ちにもなる。

こんな気持ちになるのはいつ以来なんだろう。

◇

東京に戻り、その週は土曜も日曜も仕事をした。次の日曜には石井さんと会うことが決まっている。

部屋のテーブルの上には、彼女に渡す山形みやげの玉こんにゃくが置いてあった。その隣には彼女に貰った、何も書いていない手紙が置いてある。あの日、僕らはこのテーブルの前で、一緒に写真を見つめたりした。

繰り返しの日常の中、ぽつり、ぽつり、と、僕らはメールを交わした。仕事から帰って部屋に着いたときや眠る前、僕はベッドに寝転がって、彼女からのメールを読んだ。

――おつかれさま。今日は随分涼しかったね。

一人の夜はとても静かだった。だけど耳を澄ませば、蝶が羽ばたくような、風の動きを感じる。

――まだわからないんだ。でも大阪の可能性が一番高いみたい。

メールを交わすうちに、少しずつ彼女の仕事の様子もわかってきた。彼女も今、随分、忙しいみたいだ。

大学のとき留学していた彼女は、今の会社に九月に入社した。最初は大阪の本社で働き、それから東京に来て、もうすぐ一年になる。東京では先輩について仕事をしつつ、週に何回か講習を受けている。取らなくてはいけない資格があって、週末に勉強していたりするという。

普通は一年の研修のあと、大阪の本社か、海外も含めたどこかに配属が決まるらしかった。だから石井さんも、そろそろどこかに配属が決まる。東京のままという可能性もあるけど、どうなるかはまだわからない。だけど東京にならない可能性は低いという。

玉こんにゃくの包みを、僕は見つめる。

わからないことは考えてもしょうがない、と思う。まだわからないことは、今考えてもしょうがないと思う。


――了解です。じゃあ、明日ね。おやすみなさい。


土曜の夜、彼女から最後のメールが届いた。

玉こんにゃくの包みはもう、少しほこりを被《かぶ》っている。きれいにして渡さなきゃならない。

二週間前、僕らは布団の中で、くすくす笑い合っていた。タカマロ先生に怒られると言って笑い、今度反省会をしようと言って、また笑った。だけど明日、僕らは何を反省するんだろう……。

あの日からずっと、〝これから〟に気持ちを高鳴らせていた。これから何かとてつもなく嬉しくて楽しいことが起こるんじゃないか、という予感にはちゃんと根拠だってあった。僕らはもともと世間の常識を超えた仲良しで、付け加えるならば彼女は米飯娘で僕はふりかけ野郎だ。

だけどあと少しの期間なのかもしれない。彼女がこっちにいるのは、あと少しの期間なのかもしれない……。

文面から想像するに、彼女は多分そうなることを半分以上、予感しているみたいだった。それは七割とか八割とかの予想なのかもしれない。だけどもしかしたら、それ以上の覚悟なのかもしれない。

まだわからないことは、考えてもしょうがないと思う。世間には遠距離恋愛というものだってあるのだし、それより何より、僕らはまだ付き合ってもいない。ただ一回会って、三十件程度のメールをやりとりしただけだ。

大きく息を吐き、ベッドに横たわった。呼吸を繰り返しても、胸の底のほうまで空気が届かない気がする。

凄く好きだった人と別れて東京に来た、と、彼女は言っていた。彼女のこの十年のことを、実際には僕は何も知らない。僕らにあるのは、たった一日の激しい情熱と、淡くて遠い思い出だけだ。

一人の部屋で感じる空気の動きは、もう蝶の羽ばたきのようなものとは少し違っていた。この部屋では今、僕の呼気と吸気が混ざり合っているだけだ。そして思考は霧に包まれたように、彷徨《さまよ》っている。

だけど明日、僕は石井さんに会う。会って話したいことがある。

前に会ったのは十年ぶりだった。今度は二週間ぶりに、石井さんに会う。

◇

渋谷のモヤイ像の前で、僕らは十九時に待ち合わせた。三分前に着いたのだけど、石井さんはもうそこにいた。

「久しぶり」

と、僕は右手を上げた。

「うん、二週間ぶりだね」

石井さんは小さく微笑む。

「行こっか」

「うん」

僕らはBunkamuraのほうに向かって歩きだした。隣を歩く彼女の横顔は、少し緊張しているように見える。

「何か食べるでしょ?」

「うん。お腹すいた」

文化村通りから少し脇道に逸《そ》れ、食事のできるバーに入った（門前さんに教わった店だ）。テーブルの向こうに座った彼女が、メニューを見つめる。

「パスタとか食べちゃおうか？」

「いいね」

　メニューを検討し、カルボナーラと、しめじのピザと、ピクルスの盛り合わせと、生ビールを頼んだ。お願いします、と、最後に彼女が店員に感じ良く伝える。

　壁と言ったら大げさだと思う。だけど何となく、彼女の周りに薄い膜のようなものがある気がした。それは手で振り払えば散ってしまうような、薄い膜かもしれない。だけど確かに、それがある気がしていた。

「これ、山形みやげなんだけど」

　包みを取りだすと、彼女は少し驚いた顔をした。

「えー、ありがとう。何？」

「玉こんにゃくだよ」

　こんにゃく、とつぶやきながら彼女は包装紙をめくる。それから、可愛い、と小さくつぶやく。

「可愛いって、それ、こんにゃくだよ」

「だって、こんにゃくが小さくて、丸くて、茶色くて、可愛い」

　こんにゃくを見つめる彼女は、胸元に銀色のブローチをしている。

「ありがとう。嬉しい」

　考えすぎかもしれないな、と思った。硬くなっていたのにむしろ僕のほうかもしれなくて、そういうのはお互いに伝播《でんぱ》しあって、増幅してしまうのかもしれない。

銀色のブローチを見つめ、僕は話し始めた。

「山形人はこんにゃく料理に情熱を燃やしているんだよ。こんにゃく番長ってのもいるらしいし」

「こんにゃく番長？」

首をかしげて疑っているような、彼女はそんな表情をする。運ばれてきたビールで、僕らは小さく乾杯する。

「相当強いらしいぞ。こんにゃく番長は」

「強いって、誰と闘うの？」

「そりゃあ、あれだよ。豆腐大臣とかだよ」

適当なことを答えたら、石井さんは吹きだしそうな顔をして僕を見た。

「豆腐とこんにゃくは、世間では同じ鍋《なべ》の中の仲良しみたいに思われてるけど、本当は激しい縄張り争いをしているらしいな」

「そうなんだ。仲良くしてほしいけど」

こうしていると彼女は、あの夜と何も変わらないように見えた。思いの中でぼんやりしていた彼女の印象が、目の前の彼女に収束していく。

「こんにゃくの成分の九十六％は水なんだよ」

「へえー、じゃあ豆腐は？」

「木綿で八十七%」

「え、こんにゃくのほうが水分が多いの?」

「そういうことになるな」

僕はビールを、ぐい、と飲む。

「じゃあさ、九十六%が水なら、残りの四%は何なの?」

「それは、まあ……、乾燥こんにゃくだろ」

ふふふ、と石井さんは笑う。

「人間の水分って、七十%くらいだったっけ?」

「うん、それくらいだったと思う」

「何かね、それ聞くと変な気分になる」

「変な気分?」

「人間の七十%は水分だとか、このへんは昔海だったとか、人間はサルから進化したとか、そういうのを聞くと、何か、変な気分になる」

いつの間にか僕らを隔てる膜のようなものは、すっかりなくなっていた。多分、待ち合わせてからこれまで、二人とも緊張していたみたいだ。

「変っていうか、まあ、ふうーん、って思うよな」

「そう。何か、ふうーん、って思うんだよ」

「ふうーん、ってな」

「そうそう、ふうーん、って」

お互いの言っていることが同じなのかどうかはわからないけど、共感している気になって僕らは笑った。

「ねえ、人間の水分が七十％でさ、残りの三十％って何だろうね？」

「あれだろ、優しさだろ」

僕らはかつて、手を伸ばせば触れられる位置で、ずっとこんなふうに笑い合ってきた。これからは、二週間前みたいにもっと近付いたり、それ以前みたいに、遠く離れたりするかもしれない。

「そうだといいねえー」

「いいよな」

でもいつだってこんなふうに取り戻せるのなら、後悔したりすることは何も起こらない気がした。

「でも実際には、乾燥人間だな」

「やだそれ」

やがてピザが運ばれてきて、僕らの前に置かれる。

「十二・五％」

と、石井さんは言う。

「何が？」

「このピザ、八つに切れてるから」

ああ、と言って、その十二・五％を手に取る。ちゅいーん、と伸びるチーズを、フォークで押さえてからめとる。

「ねえ、山形ってどんなとこなの？」

十二・五％のピザを片手に、石井さんが訊いた。

「蔵王《ざおう》があって山寺があって温泉があって、あとは何しろ九十九鶏が美味いな」

「へえー」

「あとだいたいどこにでも、串《くし》に刺した玉こんにゃくが売ってるよ」

「へー、楽しそう」

「いつか遊びに行こうか？」

うん、と、応《こた》えた石井さんが、複雑な表情をしたような気がした。

明日仕事もあるし、僕らは二十三時には帰ろうと決めていた。皿の上のピザが砂時計の残りみたいな気がしてきて、また緊張したような気分になる。

帰るまでに僕らには、話さなきゃならないことがあった。きっとある程度食べたら、僕らはこれからのこととかを話すのだろう。

取り戻せなくなることもあるのだろうか……。取り戻せなくなるようなことだって、起こり得るのだろうか……。

それからパスタが運ばれてきて、テーブルに置かれた。美味しそう、とつぶやいた石井さんが、取り分けるね、と言う。

その声を、何だか遠く感じていた。スプーンとフォークを使って、パスタを取り分ける彼女を、僕は見つめる。

「ありがとね」

「うん、ちょっと待って」

やがてパスタは、きれいに二つに分けられる。

「美味しい」

「うん、かなり美味いな」

濃厚なカルボナーラを引き締めるように、ぴしりとコショウが利いている。

「石井さん、給食は取り分けてくれなかったよね」

ふふ、と彼女は笑い、そりゃそうでしょ、と言う。

「岡田くんは、給食食べるのが速かった」

「そんなことないよ」

「いや、速かったよ。だいたいいつも五分くらいだった」

「まあ確かに、あの頃が人生では、食べるの最速だったかもな」

「それで私が牛乳飲んでると、笑わせようとするんだよ」

「ああそれはごめん。すごく反省してる」

反省、と僕は思う。反省会、と僕は思う。

「あと修学旅行で、枕を破いたことも反省してるよ」

「えー、何でそんなことしたの？」

「柳なんかと暴れてたんだろうな。多分、押し入れからニードロップをしたんだよ」

「へえー」

店内のテーブルは九割方埋まっていて、しゃべり声や、食器の触れ合う音が、煙のように充満している。石井さんはフォークをパスタに刺し、くる、くる、くる、と巻く。

「……私ね、」

と、石井さんは言った。

「中学のとき、岡田くんのこと好きだったんだ」

今度はピクルスの盛り合わせが運ばれてきた。とん、と音をたてて、それはテーブルに置かれる。

皿には枝付きのオリーブの実が、こんもりと盛られていた。濃いあずき色をしたものと、緑色片岩のような色をしたものが半々で混ざっている。その隣にきゅうりの山が盛られ、反対側にはキャベツが盛られている。

頭に血が集まるのがわかるのだけど、何も考えることができなかった。僕はただ赤い顔をして、テーブルの上を眺めていた。

くる、くる、と、石井さんは、またフォークを回す。

「誰にも言ったことなかったんだけどね、白原さんに言ったことがあるんだ。何か急に、岡田くんのこと好きなの？　って訊かれたの。だから、好きだよ、って答えた」

考えたことがなかった。そんなことは全然知らなかったし、考えたこともなかった。

石井さんが近くにいた店員に、カシスソーダを頼んだ。つられて僕もビールのお代わりを頼む。今日はあまり飲まないようにしようと思っていた。だけどビールのグラスは、いつの間にか空になっている。

やがてビールとカシスソーダが運ばれてきて、空いたグラスが回収された。

「……中学のときなんて、」

と、僕は言った。

「コンプレックスばっかりで、自分のことを好きな人がいるなんて、考えたこともなかったよ」

石井さんは口の端を曲げて、少し笑った。

「岡田くんだって、きらきらしてたんだよ、きっと」

「きらきら？」

「少なくとも、私にはきらきらしてた」

僕が思っていた中学のときの世界の構図が、ぐらんと揺れて、別のものに変化していくようだった。その変化を、僕は眩《くる》めくような気分で見守る。

彼女の胸元のブローチが鈍く光っていた。

「だけど、おれだって石井さんのこと好きだったよ」

「うん」

と、石井さんは言う。

「わかってるよ。わかってると思う。でもね、そういうんじゃないの。凄く好きだったんだ」

中学のとき、石井さんのポケットには〝切ない片思い〟が入っていた。その相手って誰なんだろうな、と昨日までぼーっと考えていた。

「こないだね、」

と、石井さんは言った。

「私、嬉しくって、飲み過ぎてて、それでちょっと調子に乗りすぎてたと思う」

「それはおれだってそうだよ」

「でもね、反省はしてないの。会ってその日にとか、そういうのはあれだけど、でも私、本当は全然反省してない」

「うん……」

「岡田くんのこと好きだって思ったし、触りたいって思ってたし、うぬぼれてるのかもしれないけど、好かれてるのもわかった」

石井さんはカシスソーダを一口飲み、続けた。

「ああいうふうになって、嬉しかったし、良かったと思う」

「おれも全然、反省してないよ」

「うん。凄く良かったし」

「何が？　局地戦のこと？」

「何の？」

石井さんは笑いながらカシスソーダを飲む。つられて僕もビールを飲む。好きだと言い合っているのに何故だろう。ときどき笑い合っているのに何故だろう。僕らはとても細い道を歩いている気がした。この先にこれ以上進めない壁のようなものがあることを予感しながら、そこを歩いている気がした。

「おれさ、今日は付き合ってくれって言おうと思って来た」

石井さんはしばらく僕を見つめ、それからゆっくりと目を伏せる。

「……私、多分、大阪に戻ることになると思うの」

大阪に戻るという言い方を彼女はした。

「私、遠距離とかは絶対無理なの」

「どうして？」

「会いたいのに会えないとかは耐えられないし、大阪にいるなら大阪で、ちゃんと地に足が着いた生活をしたいの。恋人だって、ずっと住む場所で欲しいし。だからやっぱり今、岡田くんのことは好きだけど、でもこれ以上会ったりするのは止めようって、この二週間、一生懸命、自分を納得させたの」

彼女は下を向いたまま言った。

「でもごめんなさい」

彼女の声は少し震えていた。

「私自身はあの日のこと、凄く嬉しかったし、良かったと思ってるの。だけど岡田くんには、本当に悪かったと思う。私は自分のこれからの状況とかわかっていたんだし、もっと慎重にならなきゃいけなかったと思う」

皿の上には三切れのピザが残っていた。残りは……三十七・五%。

「何言ってんの？」

一呼吸置いて、僕は言った。

「おれも凄い嬉しかったし、悪いことなんかこれっぽっちもないよ」

彼女はずっと目を伏せている。

「あのさ、普通に会ったりするのも止めようってこと？」

「だって、普通には会えないよ」

「どうして？」

彼女は一瞬だけ顔を上げ、僕を見た。それからまた下を向く。

「……好きな人と普通に会うって、私には難しいな」

遠いブローチだけを見つめて、僕は言葉を探す。彼女の呼吸に合わせて、銀色のそれがゆっくりと上下する。

気持ちのことだけを言えば、僕らは多分、もっと近付きたいと願っている。だけど状況のことを考えたらもう会うべきじゃない。そう決めなきゃならない――。そんなどこかで聞いたことのあるような構図を、馬鹿みたいだと思った。そういうのは自分たちには関係ないことだと思っていた。

　今までだって、いろんなことをうまくやってきた。たいていのことは何とかなると、どこかで僕は思っている。遠くのテーブルで誰かが大きな笑い声をたてる。

「有楽町で、また会おうね、って言ったの覚えてる?」

「……うん」

「あのとき、酔っぱらって言い忘れちゃいけないから、先に言っとかなきゃって思ったんだよ」

　自分は何を言っているんだろうと思う。

「十年ぶりに石井さんに会えて、これからどんなことがあっても、会ったり話したりしたいな、って思ったんだよ。だけどあのときああなったせいで、もう会えないってなったなら、本気で反省しなきゃならない。おれはあの日のことを、もの凄く後悔しちゃうよ」

　自分の言っていることの正しさも、意地悪さも、本当は全然正しくないということもわかっていた。僕はただ好きと言っているだけで、ただ会いたいと食い下がっているだけだ。

　銀色のブローチが小刻みに震え始めた。

「ごめん、」

彼女はハンカチで目を押さえながら言った。これが二度目になるのかな、と僕はぼんやり考える。彼女の泣く姿を見るのは、十年ぶりだな。

「でも会ったら好きって思っちゃう。好きって思ったら、ずっと一緒にいたいって思っちゃう」

「それができないから、もう会えないってこと？」

「……」

せっかく会えたのに、と思っていた。十年ぶりに会えて、好きだと思って、欲しいと思って、でもこれからは会えないということを、馬鹿みたいだと思っていた。

「だけどもうわからない。後悔なんてしたくないし、されたくない」

石井さんはハンカチで顔を押さえ、苦しそうに息を吐いた。

「……いや、」

と、僕は言った。自分は一体、何をしているんだろう。

「いや、後悔ってのは間違ってた。後悔はしないよ」

彼女は目を押さえたまま、ずっ、と洟《はな》をすすった。

「今日は告白しようって、それしか考えてこなかったから、ちゃんと考えたり受け入れたりすることができなかった。ごめん」

ハンカチで顔を隠したまま、彼女は小さく首を振る。

「後悔することなんかは、今も、これからもないよ。本当だよ」

「……うん」

彼女の胸元のブローチは、少しずつ震えを止めていった。しばらくして涙を拭《ふ》いた石井さんは、トイレ、と言って立ち上がる。そのまま店の奥のほうに歩いていった彼女が、やがて僕の視界から消える。

手、と思った。テーブルの上には、見慣れた僕の手が二つ置きざりになっていた。グラスにビールが残っていたので、それを飲み干す。

椅子、と思う。目の前には無人になった椅子があった。座面が丸い、曲げ木のクラシカルな椅子には、大好きな女の子がさっきまで座っていた。玉こんにゃくの包みがそっと置いてある。昨日も一昨日もその前も、僕は部屋で一人、それを眺めていた。

時計を見たら、二十二時半を過ぎていた。二十三時には帰ると決めていたから、そろそろ店を出なきゃならない。

近くにいた店員に、僕はお代わりを頼んだ。ビールはすぐに出てきたけれど、彼女はなかなか戻ってこない。

残ったピザは冷めていく。その上のしめじは干からびていく。

「ごめんね」

しばらくして戻ってきた石井さんが言った。向かいの椅子に座る彼女は、笑顔に戻っていた。だけどちょっとつついたら泣いてしまいそうにも見える。

「二度目だね」

と、僕は言った。

「何が？」

「おれの前で石井さんが泣くのは」

「だから泣いてないって」

泣き笑いみたいな表情で、彼女は言った。

「でも何かもう、二度目のような気がしてきたよ」

僕と彼女に今あるのは、淡くて遠い思い出と、熱くてリアルな一夜だけだ。

僕らはもう中学生じゃなかった。新幹線では埋められない距離があるということも知っている。笑ったりじゃれあったりすることが、泣いたり、怒ったり、悲しんだり、ということを含んでしまうことを知っている。すれ違ったり、届かなかったり、気付かなかったり、誤解したり、失望したり、されたりということが起こることも知っている。

だけど、と思う。だけど、今は……。

好きだよ。中学のときは気付かなくてごめん。おれは石井さんが好きだよ。

「あのね、」

と、僕は言った。

「勝手なこと言ってもいい？」

彼女は少し困ったような顔になった。

「好きだよ」

彼女はまた泣きそうな表情になって、僕を見る。その顔を見ていられなくなって、僕はテーブルに視線を落とす。

皿の上のピザはいつの間にか、残り一ピースになっていた。いつ食べたのかは、覚えていない。でもそれはもう、十二・五%しか残っていない。

「奈良に行こうよ」

僕が言うと、彼女は首をかしげた。

「有楽町で奈良に行こうって話したでしょ？　山形と恐竜博は行かなくていい。でも奈良には行こう」

皿の上のピザを、僕はむしゃむしゃと食べる。

「もう付き合ってくれとかは言わないし、これからどうしようとかは考えないようにする。もしかしたら配属先が東京になるかもしれないんだし、おれらは好きあっていて、そのことをお互いにわかっていて、だからそういう状況のことは、あとで考えればいいよ。石井さんの配属が決まったら、それから二人で考えようよ」

皿の上にはもう何も残っていなかった。これで砂時計は残りゼロ%になったんだな、と思う。

「でも、奈良には行こう」

と、僕は言った。じっと僕の目を見た彼女は、しばらくして頷《うなず》く。

「……うん、わかった」

「よし、十年ぶりだからな。大仏はまだおれらのこと覚えてるかな？」

「覚えてるかもね」

僕は石井さんの頭上に手をかざす。彼女はしばらく僕を見て、その後、ゆっくりお辞儀をする。

「シカじゃありません」

石井さんは小さく笑った。笑うと少しだけ、銀色のブローチが跳ねるように動いた。

◇

彼女との〝これから〟を思い続けた二週間。その二週間は他のどんな二週間とも違う、特別な二週間だった。

街を歩くとき鼻唄を歌えば、それは特別な歌になった。空を見上げれば、それは特別な空だった。特別な二週間は、情動を含みながら、揺れるように過ぎていった。

誰かが誰かの特別になるというのは、とても不思議なことだ。

特別というのは順位の問題ではないし、こだわりや好みともあまり関係ない。運命といったら違う気もするし、縁というのもぴんとこない。きっと偶然や必然を孕《はら》みながら二つの物語が交差し、誰かは誰かの特別になる。時間や距離を巻き込んで、綺麗《きれい》な気持ちや、欲望や、執着や、理性が、混ざり合うようにうねる。

あれから反省会を経て、寝て起きれば次の日になった。電車に乗って会社に向かう途中、また新しい二週間が始まったんだな、と思った。

新しい二週間は、これからを思い続けた二週間とは確かに違った。だけどその前の日々とも違っていた。それは進むことも、留《とど》まることも、戻ることもない二週間だった。仕事をして、ごはんを食べ、眠り、起きる。また仕事をして、ごはんを食べ、眠り、起きる。忙しくしている間は、何も変わってないように思えた。だけど急に寂しくなったりする。反対に急に元気になったりもする。

繁華街を歩いていると、ふと音が止んで自分が薄まり、景色だけが後ろに流れていくような感覚になった。街で神社を見つけると手を合わせてみたりして、でも何を祈ればいいんだろう、と思ったりする。

多分、何も始まっていないし、何も終わっていないのだ。特別な気持ちは弱まることなく、〝僕を奔《はし》らせるもの〟から〝僕が扱わなきゃならないもの〟に変わった。

悲しんだり儚《はかな》んだりではなく、海路の日和を待つように、僕はたたずんでいる。


──玉こんにゃく、昨日食べました。美味しかったです。ありがとうね。

砂浜に打ち上げられた流木みたいに、ぽつり、と彼女からのメールは届いた。

考えて考えて、それで結局、どういたしまして、といった感じの無難な文面を返した。全部わかっているつもりで、全部伝わっているつもりで、僕らはあれから無難なメールを交わしている。

現実感を置き去りにして、秋から冬へと、日々だけが過ぎていった。

扱わなきゃならないものは、一つの場所に留まらず、流れ、変化していくようだ。やがて新しい二週間は終わり、また次の二週間が始まる。

仕事はとても忙しくて、今まで以上に充実していた。十年早く生まれた伊達政宗のように、僕は東日本に担当エリアを増やしていく。担当が西日本にも広がれば、彼女が大阪に行ったとしても会えるな、と考えたりする。

水戸に出張したときは、ドライ納豆をおみやげに買おうとしてやめた。高崎に出張したときは、だるまを買おうとしてやめた。新潟に出張したときは笹《ささ》だんごを買ってしまい、だけど帰りの新幹線の中で食べてしまった。

新幹線の中で、流れる風景を眺めながら、彼女のことを考える。

時間は流れるんだな、と思う。

あれからまた、彼女の声や姿の記憶も、随分、薄れてしまった。彼女が胸につけていたブローチ、とか、そういうふうに記号化されたことだけが、風に吹かれながらいつまでも残っている。

週末、久々に長い時間を部屋で過ごしていた。だけど洗濯をして掃除をしたら、やることがなくなってしまった。

ふと、柳に連絡してみようかな、と思い立った。

高校以来だから、七年ぶりということになるのだろうか……。

連絡先が全然わからなかったから、ダメもとで何人かに尋ねてみた。ほとんどが知らないという返事だったけど、誰々に訊いてみるよ、という返事が一つだけあった。

細い糸を偶然たぐり寄せたのかもしれないし、案外簡単なことだったのかもしれない。

入手したyana9で始まるそっけないアドレスにメールを打ってみると、返事はその日のうちに来た。


——おーっす。久しぶりだな。


いるんだなと思って、少し笑いそうになった。

石井さんもちゃんといたし、柳も柳として、ブルースを効かせながらちゃんといた。

柳とはその日のうちに電話をして、二時間くらい話した。

週が明けると、また仕事の日々が始まった。

いつの間にか日本は、すっかり寒くなっていた。石井さんと再会して三度目の二週間が終わると、十二月になった。

十二月三日にその話があったらしい。彼女から電話がかかってきたのは、五日の夜だった。街にはフライング気味に、クリスマスツリーが飾られている。

石井さんの配属先は大阪に決まった。来年、一月の半ばには引っ越さなければならないらしい。

第四章

奈良へ

三月の寒気を切り裂いて、新幹線は進んだ。

小田原《おだわら》の辺りで眠ってしまい、目が覚めると海が見えた。朝、新幹線を待つホームは随分寒かったけれど、今は三月の薄い光を暖かく感じている。

ジャケットを脱ぎ、車内販売で買ったコーヒーを飲んだ。

窓越しに見える駿河《するが》湾は穏やかで、海面がきらきらと光った（だけど海水に手を突っ込めば、冷たいんだろう）。崖《がけ》に遮られて光の具合が変化すると、パーカーを着た自分の姿が、窓ガラスに映る。

今日の約束をしたとき、パーカーを着てきてね、と石井さんは言った。どうして？と訊《き》くと、あのね、と彼女は言った。

「岡田くんは、日本一パーカーが似合うんじゃないかって、ずっと前から思ってたの」

何だそれは、と思ったけど、今朝、それを着て新幹線に乗った。

朝七時台に乗ったから、十時前には京都駅に着くはずだった。京都からは近鉄に乗り、奈良駅で石井さんと落ち合う予定だ。

窓からは浜名湖が見えた。波のきらめきを、綺麗《きれい》だなと見つめる。

春とはいえ、と、僕は思った。
まだ寒い日が続いております。だけどやわらかな陽射しが、日一日と暖かさを加える
この頃です。波のきらめきも春の訪れを告げております――。
流れる景色を眺めながら、三ヶ月前のことを思い返していた。
あの日、配属が決まったと電話してきた彼女は、大阪で頑張る、と言った。資格試験
にちゃんと受かって、早く仕事で一人前になって、祖父母を大切にして、向こうでの生
活を大切にして、後悔しないように頑張る。
大泣きする彼女を、僕はなぐさめていた。そういうふうにしようと思っていたわけで
もなく、そうできると思っていたわけでもない。ただ気付いたらそうしていたし、そう
したかった。おれも頑張るよ、と、何度も繰り返す。
他のことは言葉にならなかった。自分が何を伝えたいかも、何を伝えるべきかも、よ
くわからなかった。でもどこかで、ちゃんと全部伝わっている気がした。
中学のときからいつも一緒に笑っていたけど、そのとき初めて、悲しむ彼女のことを
なぐさめられた。本当は抱きしめたかった。だけど、おれも頑張るんだ、と思った。僕
らは馬鹿みたいに、頑張る、と繰り返していた。
それからときどきメールをやりとりした。彼女は新しい生活のために、引っ越しの準
備をしなければならないという。手伝おうか、と伝えると、荷物も少ないし大丈夫だと
返ってきた。

シートにもたれ、僕は、ふう、と息をついた。何だか新幹線に乗るたび、彼女のことを考えている気がする。電光掲示が左から右に流れ、本日の天気予報を乗客に伝える。

あれから僕にも、ちょっと驚くようなことが起こった。門前さんが会社を辞めるらしい。

まだオープンじゃないんだけどな、と、門前さんは声を潜めながら言った。今、上と話してる最中なんだけど、来年の後半には辞めると思うんだよ。

「それまでに、おれの全部を、岡田くんに伝えるつもりだから」

真面目な顔で門前さんは言う。

おかげで仕事は、さらに忙しくなってしまった。だけど今はこういうのがちょうどいいのかもしれない。目の前のことをやっている間は、いろんなことを考えずにすむ。

車窓の景色は、海から街並みに変わっていた。

はや啓蟄《けいちつ》の季節でございますね、と僕は思う。春の気配に誘われて、冬ごもりの虫も顔を出しておりますね――。

新幹線の窓に、指で四角い枠を書いた。はー、と息を吐くと、その枠が浮き上がる。またその枠を指でなぞってみる。

一月の半ばになると、石井さんは大阪に引っ越していった。見送りはいい、と言うので行かなかった。私は絶対泣いちゃうし、今度、奈良で楽しく会いたいし、と彼女は言う。だから僕は、彼女が大阪に引っ越したということを、テキストとしてしか知らない。

女の子は、と思う。女の子は諦《あきら》めなきゃと思って、泣いたりするんだろうか。苦しくて眠れない夜を過ごしたりして、友だちに話を聞いてもらったりするんだろうか——。闘うんだろうな、と、ぼんやり想像する。次のフェーズに向かうために、女の子は時間をかけて、一生懸命、自分を納得させる。女の子は闘って、ちゃんと受け入れて、次のフェーズへと向かう——。

僕はただ、枠を描いている気がした。

頭の真ん中に指で枠を描くようにする。閉じ込めて封印するのではなく、揺れながらうねる気持ちを、四角い枠で囲もうとする。枠の中はあっという間に紫色に染まって、線の中に収まらなかったものは空に拡散していく。その様子を眺め、また枠を描く。

また枠を描き、また枠を描く。また枠を描き、また枠を描く。

やがて電光掲示が乗客に伝えた。列車は定刻通り、三河安城《みかわあんじょう》駅を通過したらしい。

せつねえよ、と思った。そのとき僕は、何故だか柳に話しかける気になっていた。お前にもわかるかよ？　なあ、柳。せつねえよ、柳。

三ヶ月前、一度だけ柳と電話をした。おー、久しぶり、とかそんな感じに話は始まって、お互いの仕事のことや、友人のことなんかを話した。

話はそれで終わるはずだったんだけど、終わらなかった。多分、僕は寂しかったんだろう。そういえばさ、と、他人事《ひとごと》みたいな感じに話し始めていた。

「こないだ、石井と会ったんだよ」

「へえー」

ブルースの風を吹かせながら、大して興味なさそうに柳は話を聞く。電話の向こうから、かち、かち、とライターを鳴らす音が聞こえる。

「それでまあ、ちょっと好きになっちゃってな……」

「おお」

「結構好きなんだよ」

「へー」

へーと言いながら、ふー、と煙草の煙を吐く音が聞こえる。

「お前ら、凄《すげ》えお似合いだよ」

「まあ、そうなんだけどな」

「石井も昔、お前のこと好きだったからな」

「ちょっと待てよ。何でお前がそれを知ってんだよ」

「知らねえよ。だけどそんなのは見てればわかるだろ」

何なんだろう、と思った。何で自分だけが、それを知らなかったんだろう……。

「柳って、そういうところがあるよな」

「何が？」

「そういうの、言わないところだよ。中学のときに、言ってくれよ」

ふっ、と柳は笑った。電話口の向こうで、大きく煙を吐く音が聞こえる。

「お前は白原さんのことが好きだったのか？」

僕は適当なことを言ってみた。そんなことは当時から知ってたよ、という口ぶりで。

「ああ」

だけど柳は簡単に答えた。

「まじかよ！　それ、めちゃめちゃ興味あるよ」

僕はちょっと大きな声を出してしまった。

「当時は結構、好きだったな」

「どうして？」

「どうしてってことはねえけど……」

柳は割と饒舌《じょうぜつ》に説明してくれた。学校で顔を合わせる分には何とも思わなかったけど、ある日、ショッピングセンターで白原さんに会った。柳は親と一緒にそこに来ていたらしい。

「何かな、白原は一人で買い物をしてたんだよ。普通に料理を作る感じでな」

レジに並んでお金を払う白原さんを、柳は遠くからしばらく眺めていたらしい。自分が親と一緒にそこにいるのが恥ずかしかったという。

「今から考えると、そのとき白原のことを、大人っぽく感じたんだろうな」

「ああ、なるほどな。おれらは毎日、相撲とってたからな」

僕らはそこで少し笑った。

「それから学校で会っても、何か気になっちゃってな」

へえー、と僕は思う。小学生男子だけでなく中学生男子も、意外なところで女子に会うと、それだけで好きになってしまうらしい。

「それ、凄《すご》く中学生っぽくていいな」

「かもな」

「お前、白原さんに連絡してみろよ」

「ああ」

と、普通に柳は言う。

「連絡先がわかったらしてみるかな」

「わかんねえの？」

「ああ、でも何とかなるかもな。おれら高校のときにも、二回か三回会ったことあるんだよ」

「へえー」

それもとても意外な事実だった。毎日相撲の王座を賭《か》けて戦っていたけど、僕は柳のことも、何も知らなかった。

Ladies and gentlemen. We will soon make a brief stop at Nagoya.
Passengers going to the Tokaido, Chuo, Kansai, Meitetsu, and Kintetsu lines, please

change trains here at Nagoya. Thank you.

やがて車内に、英語のアナウンスが流れた。

新幹線は名古屋に着き、そのあと京都に向かう。西に向かうにつれ、天気が良くなってきた気がする。

柳はその後、白原さんと会ったのだろうか、と思った。

僕はこれから石井さんと会う。最初は十年ぶりで、その次は二週間ぶりで、今回は四ヶ月ぶりということになる。

◇

近鉄奈良駅、行基《ぎょうき》さんの噴水前というところで、僕らは待ち合わせていた。

駅を出たら、噴水の前に石井さんを見つけて、胸いっぱいの気持ちで右手をあげた。

「久しぶり」

石井さんと会うときは、いつもこの台詞《せりふ》だな、と思う。

「久しぶり。岡田くん、随分大きくなったね」

「なってねえよ」

石井さんは笑顔で僕を見た。だけどそれから数秒言葉が出なくて、そうしたらもう石井さんは泣きそうな顔になっている。

「ちょっと、何泣いてんの？」

「泣いてないよー」

崩れた笑顔で石井さんは言った。彼女が僕の頭に手をかざしてきたので、しょうがなく、ぺこん、とやってやった。

「シカではない」

と、僕は言った。

一笑いしたら、奈良は良い天気だな、と思った。この日が晴れて良かった。本当に。

僕らは行基さんの像を少しだけ眺め、それから並んで歩きだした。東大寺までは、歩いて二十分くらいらしい。

「今日はいい天気ですね」

「そうですね」

「梅も散り、桃のつぼみも、だいぶふくらんでまいりましたね」

「そうですね」

スタジオアルタのお昼の客みたいに、石井さんは応える。

「パーカー着てきてくれたんだね」

「ああ。おれは大仏の次に、パーカーが似合うからな」

「んー？」

横顔を見れば、石井さんは想像しているみたいだった。その頭の中では、きっと大仏がパーカーを着ているのだろう。頭を割って、その光景を覗《のぞ》いてみたかった。

「……確かに。大仏さまにはパーカーが似合うかも」

「でしょ？　あいつには深めのフードが似合うはずだよ」

「あのさ、前から思ってたんだけど」

石井さんはふんわりしたニットのカーディガンのようなものを着ている。

「岡田くんは大仏さまのことを、ナメすぎだと思う。罰あたるよ」

「何言ってんだよ。おれは大仏のこと、めちゃめちゃ尊敬してるよ！」

「呼び捨てにしないで」

「石井さん……。白原さん……。柳……。大仏……」

「どうして私たちにだけ、さんを付けるの？」

「さあ、なんでだろうな」

奈良県庁を左手に、僕らは東へと進む。どうしていつも、こういうどうでもいい話ばかりするのかな、と思う。でもそういうところが好きだぞ、と思う。

「そういえばね、好きな人のパーカーのフードには、何か入れたくなるらしいよ」

「何それ？　誰が言ったの？」

「白原さん」

んだろう……。

「へえー」

何だかとても意外な気がした。どうして白原さんは、石井さんにそんなことを言った

僕らは歩きながら、パーカーのフードに入れたくなるものを言い合った。

〝新時代の息吹〟を入れると僕は言い、〝かってない胸の震え〟を石井さんは入れると言った。〝切ない恋心〟を入れると僕は言い、〝届かなかったあの思い〟をそっと閉じ込めるように入れると石井さんは言った。〝時代を先取るニューパワー〟を入れると言ったら、「それは入れないで欲しい」と石井さんは言った。

道の右は公園になっていて、遠くまで芝生が広がっていた。ところどころで草を食《は》むシカが見える。古都奈良は、広大な公園と、野生のシカと、よく漬かったしば漬けの街だ。

晴れた三月の空の下、僕らは肩を並べ、その道を歩く。

十センチとか三十センチとか、そういう距離は意識すればどこまででも意識してしまうし、だけど意識しないようにすれば中学生の遠足と大して変わらない。手を繋《つな》いだり、そういうことをしないと決めた（決めてないけど）僕らは、柔らかな葉に包まれた柿の葉寿司の街を、のんびりと歩く。

奈良国立博物館を過ぎ、大仏殿交差点を左に曲がると、参道の先に南大門が見えてきた。

左側にはおみやげものを売る店が並び、右側には屋台が出ている。公園のシカは当たり前の顔で、参道を歩き、ときどきこちらを見る。近くで見るシカは、案外、優しい目をしている。

「何かさ、昔より、シカの気持ちがわかるようになった気がする」

「あー、そうかもしれないな」

触れるくらいまで接近すると、匂い立つような野生の迫力に少し怯《ひる》んだ。気強い生命の意志と、諦観《ていかん》と、麗《うら》らかさと静謐《せいひつ》さと、それらを全部含んだ矜恃《きょうじ》のようなものが、角先から蹄《ひづめ》にまでみなぎっている。

シカの気持ちといっても昔は確かに、はらがへった、せんべいが欲しいんだよ、頭を下げるからせんべいをくれよ、せんべい持ってねえってどういうことだよ、と、それくらいしかわかることがなかった。

柔らかな脇を見せたシカが去ると、参道がまっすぐに開けていった。正面の南大門がとても大きくて、その下にいる人が小さく見える。

「ここって、こんなに大きかったっけ？」

「あんまり覚えていないな」

懐かしいとはあまり思わなかった。それくらい遠い日に、僕らはここに来た。

あの頃の僕らは、どんな物語の中にいたんだろう……。ここでどんなことを感じ、どんな気持ちでこの門をくぐったんだろう……。

記憶の中の南大門は赤いというイメージだったけれど、実際にはかなり古色蒼然《そうぜん》とした感じだった。色の霞《かす》んだ何本もの大円柱が、量感のある上層を支えている。

僕らが再会したのは、半裸の臨戦態勢でそこを守る、列島最強の門番《ゲートキーパー》だった。運慶・快慶らが六十九日で造ったという、高さ八・四メートルの金剛力士像。左の仁王は〝阿《あ》！〟と怒りの一喝で邪悪を威嚇し、右の仁王は〝吽《うん》！〟と閉口し、怒りを押し殺している。〝阿〟で始まり〝吽〟で終わるサンスクリット語の音を像に刻むことで、ここに宇宙の全てがあることを表しているらしい。

「あー」

「うーん」

そんなことを言いながら門をくぐれば、遠くに大仏殿が見える。

境内には歩く人に交ざって、当たり前のようにシカもいた。近付いてきた角の生えかけた小ジカに、僕らは気を取られる。池の脇で鯉のえさを売っていて、木箱には〝シカも食べます〟と書いてある。

こんなふうにシカにかまっていると、デートというより、遠足という感じだ。

「ねえ、煮豆くんは元気なの？」

「うん」

石井さんはちょっと笑う。

「そういえば私、猫の気持ちも昔よりわかるようになった気がする。普段離れててね、久しぶりに会うと、余計にわかるかも」

「へえー」

奥まで進んで拝観料を払い、回廊を進んだ。最後に門のようなところに出ると、前方は広々とした境内で、そこにはもうシカはいない。

「凄い」と、石井さんが小さく声をあげた。

大仏殿まではまっすぐの道だった。パースペクティブのお手本のように、道の両端が一点に収束するように延びている。その先に構える大仏殿は冗談のように巨大だ。屋根には金色の鴟尾《しび》が、きらーんと輝いている。

「大きいね」

「うん、凄く大きい」

馬鹿みたいな会話を交わしながら、僕らは大仏殿に近付いていった。多分、十何年前も同じようなことを言っていたと思う。だってここでは、それ以外の感想を持ちようがないじゃないか。

「でけえ！」

中に入ったとき、僕は言った。大仏さまは静かに座っている。十何年前と同じく、柔らかに座している。威圧するような大きさではなく、優しくて柔らかな大きさだ。

盧《る》舎那《しゃな》仏《ぶつ》は世界を照らし、生きるものに慈悲を与え、宇宙全体を包括する。

凄いもんだなあ、と思う。こんな巨大なものを創ったというのは、こんなに巨大な優しさを想像したということだ。こんなに巨大な優しさでしか、救えないものがあったということだ。

僕らは静かに殿内の奥へと進む。幾つかの仏像を眺め、拝み、薄暗い順路を歩く。大仏の裏を通り、東大寺の模型なんかも見物する。そして出口の手前、穴の開いた柱の前に着いた。

瞬間、ここが重要な場所であるとわかった。

「覚えてる」

「覚えてるな」

柱の周りには人が集まっていた。

「ここってくぐったよね」

「いや、おれはくぐってないけど……」

柱の前では親子連れが、子供にその四角い穴をくぐらせようとしていた。

「……わかった。白原さんだ」

さっきまで記憶になかったことを、僕らはゆっくりと思いだしていった。

あのとき白原さんを中心に、僕らが感じた小さな歓喜のようなもの。僕ら四人はここで拍手や笑いに包まれていて、無性に嬉《うれ》しかった気がする。

「思いだしたよ。石井さんが凄く嫌がったんだよ。おれにも柳にも無理だったし」

「そうだったかも……」

「だけど何でよりによって、白原さんがくぐったんだろうな」

　柱を抜けた子供が、周りに褒められている。次の集団が柱に近付いていくのを、僕らは遠巻きに眺める。集団は穴を覗き、楽しそうに騒いでいる。

「……多分、彼女は私たちを代表して、ここをくぐってくれたんだよ」

「代表？」

「今ならわかる気がする」

　石井さんは前方を見つめた。

「白原さんはあの頃、やっぱり私たちなんかよりは、毎日を生きにくかったんだと思うの。何か余るものを抱えてたっていうか、うまく言えないけど」

「ああ……」

　僕らはあの頃とても近くにいたけれど、相手のことは全然知らなかったし、わかる必要だってなかった。だけど確かに、今ならわかるような気がする。

「彼女は、私たちが思う以上に、私たちのことが好きだったんだよ」

「……そうなのかな」

「うまく心を開いたりできなかったと思うんだ。だけど私たちのこと、凄く好きでいてくれて、心だって開きたくて、それでくぐろうって思ったんだよ」

　穴の先には大仏殿の出口がある。そこからこちら向きに光が差し込んでいる。

「だとしたら、それって凄く嬉しいことだな」

「うん。私、もっと白原さんの話を聞けばよかった」

「そういうのはいっぱいあるよ。今ならうまくやれることでも、当時はわからなかったり、思いつきもしなかったりするから」

小学生くらいの子供が柱をくぐり、見学していた人が拍手をした。また違う集団が柱の下に近付いていく。

「ねえ」

石井さんは声を潜めて言った。

「もし私が、岡田くんに告白してたら、どうなってたと思う？」

「ん？　何が、いつ？」

「中学のとき。例えば卒業式のときとか」

「いや、卒業式はないでしょ」

「ううん」

石井さんは首を振りながら、少し笑った。

「実はその可能性はかなりあったんだよ」

「えー！」

驚いたのと一緒に、ちょっと面白かった。大仏殿の中で、僕らは何を話しているんだろう。

「何それ、どのくらいの可能性？」

「前の日までは九対一で告白しようと思ってたけど、当日はやっぱり無理って思って、四対六くらいになっちゃった。結局、無理だったけど」

「そうか、それで石井さんは泣いたのか」

「だから泣いてないって」

卒業式の日、石井さんと交わした会話とかは、何も覚えていなかった。彼女が告白しようとしていたなんて全然気付かなかったし、最後にどんな笑い方をして別れたのかも覚えていない。中学生の岡田少年には、何もわかっていなかった。

「告白されたら、どうなってたかわからないけど、少なくとも今、ここにいることはなかったよな」

「そうだね」

「おれたち、付き合ったりすることはなかったけど、でも、今日ここに来られたのは本当によかったよ」

「……うん」

始まったことを大切にしたい気持ちがあって、それを大切にできたなら、それが何かに昇華する日は、きっとくる。執着とか欲望から離れて、あのときは嬉しかったな、とか、思い返したり話したりする日が、きっとくる。

柱を眺め、僕らはしばらく黙った。足をばたつかせながら、光のほうに抜けようとしている人を、しばらく黙って見つめる。

「これって大人でもくぐれるのかな」

と、僕は言った。

「無理だと思うけど……」

石井さんは首をひねる。

「対角線を利用して、肩を斜めに入れれば、抜けられるんじゃない？」

「んー、どうかな」

僕らは柱に近付いてみた。四角い穴の幅は三十センチくらいで、実際にくぐっているのは小学生くらいの子供ばかりだ。

「おれには無理だな」

また穴をくぐろうとする人や、柱の前で写真を撮る人を、僕らは見守った。やがて柱の前は僕らだけになる。

「あのさ、」

僕はゆっくりと言った。

「この柱、今おれが頼んだら、くぐってくれるか？」

石井さんは僕の顔をじっと見た。光の加減でどんな表情なのかはわからなかった。だけど彼女はゆっくりと頷《うなず》いた。

「……うん。いいよ」

「じゃあ、くぐって」

「わかった」

柱に向き直った石井さんの横顔を、僕は見つめた。飛び込み台に向かう水泳選手のように、彼女は柱に歩を進める。

どうして自分はそんなことを頼んだんだろう、と思った。

何か証《あか》しのようなものが欲しかったのかもしれない。それとも僕は少し、意地悪な気持ちになっていたのかもしれない。

柱の前にしゃがみ、石井さんは穴に両手を当てている。四つん這《ば》いになって頭を穴に差し込む彼女を、僕はただ見つめる。

ごめん、と、急に思った。だけどそのとき彼女はもう、肩を穴に押し込んでいた。体を斜めに傾けるようにして上半身をねじ込み、その先に進もうとしている。僕は慌てて反対側に回り込む。

しゃがんで柱の穴を覗き込めば、彼女の頭と手が見えた。大丈夫？　と大声を出せば、んー、とうめくような返事が聞こえる。彼女は、ぐいっ、と前進する。

「がんばれ！」

穴の先から、僕は声をかけた。せまいー、と細い声が聞こえる。

「もう少し！　がんばれ」

こんな狭いところを通って、彼女はこちら側に這ってきてくれる。ぐいっ、と彼女は前進する。また、ぐいっ、と前進する。

顔と手を穴から出したとき、うぅー、と彼女は声を出した。僕は彼女の手を取り、引っ張り上げるようにする。

「ひやー、やっと出た」

「おお！　凄え！」

よろめくように立ち上がった石井さんを、僕は、ぎゅっと抱きしめて、背中をぱんぱんぱんと叩《たた》く。

「凄いよ！」

髪をくちゃくちゃにした彼女は、満面の笑みを見せてくれた。ふうー、と息をついて、ぱんぱんぱん、と服を払う。僕もめちゃめちゃ笑顔だった。嬉しかった。何だか無性に嬉しかった。

「ありがとな」

「ううん、こちらこそありがと」

僕らは、ぱちん、と両手を合わせる。後ろで誰かが拍手をしてくれている。

「どんな感じだった？　ここを通り抜けるのって」

「んー」

と、石井さんは考える。僕は僕の大好きな石井さんを見つめる。

「なんかね、ところてんになった気分だった」

僕らは二人で爆笑した。後ろでまた誰かが拍手をしてくれている。振り返れば感じの良い外国人観光客で、Great! とかなんとか、つぶやいている。

僕らはそちらに向き直った。そして二匹並んだシカみたいにおじぎをした。

◇

それから東大寺を出て、すぐ先に見えている若草山に向かった。

若草山はちょうど春の山開きをしたばかりで、だったら登ってみようか、ということになった。山に向かう途中、茅葺《かやぶき》屋根の茶店で、うどんと柿の葉寿司を半分ずつ食べる。

茶店から見える若草山は、山というより、つるんとした丘のようだ。山肌は芝に覆われていて、ゴルフのグリーンがそのまま盛り上がったような感じ。三つの山が折り重なっていて、一重目と二重目と三重目に、それぞれ山頂があるらしい。

一重目まで登ることに決め、入山ゲートに向かった。入山料を払いゲートを抜ければ、目の前いっぱいに芝が広がっている。

簡単に登れるものだと思っていたけれど、階段が急で息が切れた。

「結構きついな」

「うん、ちょっとナメてたかもね」

しばらくすると周りは樹林になって、ちゃんとした登山という感じになった。崖の脇の階段道を、ゆっくりと登っていく。

やがて樹林が途切れると、また草原が広がった。そこからは階段がなくて、斜面を自由に登ることができる。すぐそこに山頂が見えている。

「おお！」

「きれいだね」

山頂に着くと、なかなかの眺望だった。眼下には奈良の市街地が広がっていて、遠くには山地が連なっている。芝と青空だけの世界に、三月の風が吹き抜けている。

僕らは斜面に腰を下ろした。遠くでシカが草を食んでいる。

「気持ちいいな」

「うん」

息を切らしながら、僕らは景色を見下ろした。少し冷たい風が、僕らに吹いている。遠くのシカが、二匹でグルーミングをしあっている。

持ってきたペットボトルのお茶を飲み、僕らはしばらく黙った。太陽が雲に隠れると、芝の色が変わる。太陽が雲から出ると、また芝の色が変わる。

風は冷たかったけど、陽射しは強かった。それからしばらく太陽は雲に隠れなかった。

「よかった。こんなところまで来られて」

「そうだな」

首筋に当たる陽射しが気持ちよかった。

「ありがとうね」

「何が？」

「奈良に行こうって言ってくれたでしょ。一緒に来られて本当によかった」

どんなことを話そうかな、と昨日まで考えていた。でも何を言うべきか全然わからなかった。今でも好きだよ、と思うけど、もう、そんなことを言う必要はなかった。

「私ね、今まで岡田くんに、いろんなものをもらったと思うの。でもごめんね。私は何もあげられなくて、ごめんね」

「……いや」

何言ってんだよ、と思う。

「おれはさ、」

僕があげたものなんて、何もなかった。

「石井さんと一緒にいると、自分が凄く特別で、面白い人間のような気がしてくるんだよ」

彼女と会わなかったら、見ることのなかった光景がたくさんあった。

「それに石井さん、おれのために、柱をくぐってくれたしな」

彼女とでなければ持つことができなかった感情や情熱が、溢《あふ》れるほどにあった。僕らに起こったことのすべては、嬉しくて、楽しくて、特別だった。

「嬉しかったし、楽しかったし、特別だったよ」

「……ん」

何かを言おうとした石井さんの声が、少し震えた。きっと泣くんだろうなと思った。今度はしらばっくれられないよう、写真を撮っておいたほうがいいかもな、と思った。

「……あのね、」

と言って、石井さんは僕を見る。

「また会おうね」

泣きそうな表情で彼女は言う。僕が有楽町で言ったのと同じことを、彼女は涙を堪《こら》えながら、必死の表情で言う。

いつだって女子は不可思議だ。だけどそのとき、全部わかった気がした。彼女の言いたいことや、僕ら二人がもう報われていることが、全部わかった気がした。

「うん」

僕が返事をすると、彼女は顔を伏せ、静かに泣き始めた。

◇

新幹線は猛スピードで東京に向かう。

流れる景色を眺めながら、彼女の顔を思い起こしていた。今日、久しぶりに会った彼女は、やっぱり可愛かった。

あれから山を降りて、僕らは京都駅に移動した。そこから彼女は大阪行きの電車に乗り、僕は東京行きの新幹線に乗る。石井さんは新幹線の改札まで、僕を送ってくれた。四時を過ぎた頃だったと思う。僕らは最後、じゃあまたね、と言って別れた。

景色は流れ、新幹線は米原《まいばら》を過ぎる。

新幹線に乗るたび、彼女のことを考えていて、これからも出張なんかで何度も乗るだろうけど、そのたびにやっぱり考える気がした。

だけどいつか、それも考えなくなる日が来る。そういえば今回は思いださなかったな、と、後から気付く日がきっと来る。そして、新幹線に乗ると彼女のことを考えていいたなあ、と、そっちのテキストのほうを思いだすようになる。

今は彼女を思うと切なくて胸が痛いけど、そういうのだって、きっといつかはなくなってしまう。

名古屋を過ぎると、夕焼けがきれいだった。車内販売で買ったコーヒーを飲み干し、僕は立ち上がる。出たゴミをまとめ、トイレへと向かう。

トイレを済ませて、座席に戻ろうとしたときだった。乗降口の窓から海が見えて、僕は足を止めた。だけど視界はすぐに、切り通しのようなものに遮られてしまう。

乗降口に近付いて、デッキの壁にもたれる。

やがて遮るものはなくなったけれど、目の前に広がったのは地上の光景だった。海はもう見えないんだろうか……。

窓から見える景色に、夕方の緩い陽射しが落ちていた。街や川が続き、それが終わると田植えを待つ田園風景になる。

日増しに春めいてまいりました、と僕は思う。

春の嵐に荒れる春場所も始まり、本格的な春が到来します——。

過ぎ去る景色を、飽きずに眺め続けた。けれど本当は景色を見ていたんじゃなくて、色を見ていただけだった。胸をからっぽにして外界を見ていると、景色というのは本当は、ただの色なんだとわかる。

混ざり合い流れる色を、眺め続けた。流れていく。色は混ざり、猛スピードで流れていく。過去から未来へ、時間が流れるみたいに——。

たん、と音がして、視界が突然、灰色の壁に遮られた。

その壁はしばらく続いた。壁に沿った黒いラインをじっと見ていると、蛇が這っているように見える。蛇が猛スピードで進むのを、僕はじっと見つめる。

ばん、と音がして壁が途切れ、また地上の光景が広がった。窓の外にはちょっとした街並みが広がっている。

ねえねえ、ほら！

そのとき石井さんの声が聞こえた気がした。本当に聞こえた気がした。白くて大きなそれを、僕の目が捉《とら》える。

ハトだ。大きい！

流れる街並みの中、白くて巨大な鳩が、今まさに飛び立とうとしていた。鮮やかな白──。青と赤をバックにした、イトーヨーカドーの鳩──。

やがてその鳩は、窓のフレームから消えた。窓の外の景色は再び流れる。猛スピードで流れる。胸の奥に残っていた記憶が溶けだして、じわじわと溢れだしていく。

あのとき──。僕は今と同じ場所で、石井さんのパーカーのフードに、エビを入れていた。かつて僕は、好きな人のパーカーにエビを入れていた。蘇《よみがえ》った記憶と、あのとき始まったことのすべてが、頭の中で混ざって溢れだす──。

肩に腕をまわし、自分のパーカーのフードの中を探った。小指の先ほどの小さな何かが、やっぱりそこにはある。そのときもう、泣きそうな気分になっていた。

中から出てきたのはシカだった。小さなシカの置物が、パーカーのフードに入っている。

入れんなよ……。こんな可愛い小ジカちゃんを、おれのパーカーに入れんなよ……。

僕はいつだって、彼女の味方になりたかった。僕らが付き合わないことを、ちゃんと決めた彼女をえらいと思ったし、それを尊重したかった。いろんなことはもう報われているし、きれいな思い出だけが残るのも悪くはなかった。

大切な人とのこれからを思ったり、感じたりした時間は、とても嬉しくて楽しかった。僕らは何も失ってはいない。これからだってお互いを尊重した、優しい関係を築いていける。


好きな人のパーカーのフードには、何か入れたくなるらしいよ。


だけど終わってしまったんだな、と思う。

欲しかったこれからは、もう永遠に手に入ることはない。僕らのこれからは、もうどこを探しても見つからない——。

それを悲しいと思ったのは、そのときが初めてだった。そのとき初めて、僕は悲しいと思った。寂しくて、やるせなくて、悲しくて、哀しくて、気持ちが堰《せき》を切ったように流れだす。

いつの間にか涙が溢れていた。一人で泣くなんて何年ぶりだろう、と思う。十年前、白原さんが号泣したのと同じ場所で、僕は静かに泣き続けている。みっともねえな、と思う。こんなことで泣くのは、これで最後なのかもしれないな、とも思う。

窓の外の景色はぐちゃぐちゃに混ざり、過去へと流れていく。

いつかこういう悲しみも、それを持てたことの喜びに変わるのだろうか。あんなに高鳴る気持ちを自分が持てたことを、悲しみを伴わずに思いだせる日がくるのだろうか。
流れる景色の中で、僕は待っていた。パーカーの袖《そで》で涙をこすり、僕は待つ。だって
もうすぐそれが現れることを、僕はわかっている。

おー！　すげえー！

いるいる、大きい！

いっぱいいる！


あの頃の僕らが、窓にへばりついて騒いでいた。

地上最速のスピードで新幹線は進む。あのとき始まったことのすべてを祝福し、約束の場所に運ぶみたいに。

四匹、と僕は思った。恐竜が四匹に、ゴリラが一匹――。恐竜は四匹――。

涙で滲《にじ》む僕の目が捉えたのは、合わせて五体の巨大な像だった。

第五章

謹賀新年

「世話になったな」

と、門前さんは言う。

「岡田くんには本当に世話になったよ」

かえでは紅葉し、季節はもう秋になっていた。門前さんの辞表は受理されたらしく、僕らが一緒に勤務するのも明日で最後だ。

「何言ってんですか。いろいろ教えてもらったりして、世話になったのはおれのほうですよ」

明日、職場の送別会もあるけれど、今日は『鶏よし』で二人だけで飲もうとなっていた。

「まあ、岡田くんはそう思うだろうけどな。でも教わるときより、教えるときのほうが人間ってのは成長するんだよ」

何杯目かのビールを飲んだ門前さんは、力強く語る。

「教えるときになって、人は初めて本当に、その物事を理解するからな。おれは岡田くんに教えることで、随分勉強になったんだよ。立場ってのは人を成長させるもんだなって実感したよ」

「そうかもしれないですけどね、でもおれは本当にお世話になりましたよ」

昼には何度も来たことがあったけれど、夜にこの店に来るのは初めてだった。夜の『鶏よし』にはトサカから爪先《つまさき》まで、全ての部位がメニューに揃っている。おまかせで出てくるいろいろな部位を、最初はどきどきしながら食べていた。

「ここ一年、岡田くんは本当によく頑張ったよ。おれが辞めるっていうんで、迷惑かけたよな」

「そんなことないですよ。おかげさまで充実した一年でした」

この人には本当にいろんなことを教わったなあ、と思う。いろんな仕事を教えてもらって、いろんな人を紹介してもらって、いろんな知識や、いろんな考え方や、いろんな店を教えてもらった。

「おれ、就職する前に、決めてたことがあるんですよ」

「何？」

「がむしゃらに仕事しようと思ってました。社会に出てすぐの頃なんて、小学生みたいなもんじゃないですか。自分に何が向いてるかとか、考えてもしょうがないじゃないですか」

「まあそうだな」

「だからとにかく仕事して、事務所の大掃除とかそういうのでも全力でやって、どんなことでもやってみたいと思って、やらせてくださいって頼んで、ときどき先輩と飲みに行ったときなんかに、自分こんなことやりてーんすよ、とか熱く語ろうって思ってたんです。そんで一切の弱音は吐かないようにしようって」

「へえー」

「それ、だいたいできたと思います。門前さんのおかげだと思います」

「そうか。力になれたんだったら嬉《うれ》しいよ」

門前さんは串《くし》を箸《はし》の根元ではさみ、くいー、と引っ張って鳥を落とす。

「おれもこれから新たな道に進むけど、岡田くんも同じで、新しいフェーズに進むのかもな」

気まぐれに雨を降らす神さまのように、彼はとんとんと七味を振る。

「岡田くんも、もう新人じゃないからな。これからは優先順位を、見極められるといいかもな」

「優先順位ですか」

「こんだけ多様な価値観がある中でな、ある物事とかに対して、全肯定とか全否定とかはあり得ないだろ。あるのは優先順位だけなんだよ。だからいつも正しい優先順位を考えて、仕事でも人生でも、何が大切なのか理解するんだよ。やりたいことを先延ばしにしすぎないようにな、人生の一時間一分一秒を大事にして、毎日どんな日も、人生を賛美できるといいよな」

「……ええ。そうですね」

「岡田くんもこれからは、教える立場になっていくわけだよ。自分で覚えた仕事は、どんどん下のもんに教えるといいよ。福島さんみたいになっちゃいけないからな」

福島さんというのは、資材の発注を仕切っている、ちょっと困った人のことだ。

「あの人は自分の仕事をどんどん複雑にして、他の誰にもやらせないようにしてるだろ。そういうのって、自分の食い扶持《ぶち》を守ってるように見えるけどな、本当は逆なんだよ」

「わかります。その仕事自体がなくなっちゃいますよね」

「そうなんだよ。自分で開拓した仕事ってのは可愛いけどな、それに固執しちゃだめだよ。自分ができるようになったことは、どんどん自分の手から放して、自分は新しいことに進むんだよ。それを続けると、自分でも思わなかったところまで行けるよ」

「わかりました。頑張ります」

「頑張れよ」

「門前さんも頑張ってくださいね」

「おお、お前もな」

また乾杯しようとしたけど、ビールが残っていなかったので、僕らは二人分のビールを注文する。

「だけどこれから、寂しくなりますよ」

「そうだな」

ちょっと前に会社を辞める理由を尋ねたら、まあ勝手な理由だよ、と門前さんは言った。つまりは、もう少し評価してもらいたかった、ということらしい。

会社は彼の実績に対して、金銭的なことより出世という形で報いようとした。上はおれにマネージメントをやらせたがったんだけどな、と、門前さんは言う。でもまだおれは現場にいたいし、現場の人間として評価されたいんだよ。

出てきたビールで、僕らは何度目かの乾杯をした。二人とももう酔っていたし、そろそろ聞いてもいいかな、と思っていた。

「ところで門前さん」

「ん？」

「これからどうするんですか。ぶっちゃけ転職先って、決まってるんですよね」

「ああ」

と、彼は笑った。

前にそれを聞いたときは、決まってないよ、という返事だった。もし決まっていたとしても言えないんだよ、とも言っていた。

「絶対内緒だぜ」

「ええ、もちろんです」

「同業じゃないから、そんなに秘密にしなくてもいいんだけどな、ただ一応、退職してから、転職のことを考えるっていう形だからな」

それから彼は声を潜めるようにして教えてくれた（別に声を潜めなくてもいいんだけど、それは礼儀みたいなことだと思う）。転職先は名古屋に本社がある、結構有名なベアリングメーカーらしい。

「へえー。それって、かなり大手ですよね？」

「ああ。だから今みたいに、何でもする感じではなくなるだろうな」

「ベアリングを売るんですか」

「そうなるだろうな」

「へー」

何だかベアリングに縁を感じていた。

くる、くる、くる、くる、くる――。石井さんと十年ぶりに会った夜、僕のポケットにはベアリングが入っていた。彼女はそれをくるくる回し、凄《すご》い凄い、と笑った。

あれは去年の、ちょうど今頃のことだったんだな、と思う。そしてそのことをここで、親子丼を食べながら、門前さんに話したんだった。彼は何かくだらない、おでんの歌を歌ってたな――。

「先輩」

僕は焼き鳥をつまみ、ビールを飲む。そろそろ良い具合に、酔い始めていた。

「知ってますか？　世の中の普通の女の子は、ベアリングを知らないんですよ」

「あー、そうかもしれないな。まあだけどおれらも、サマンサタバサとか知らないから同じだろ」

「いや、知ってますよ！」

「そうか？　だけど実は男子だってほとんど、ベアリングなんか知らないんだよ」

「そんなわけないですよ。ベアリングを知らないで、どうやって生きてきたんですか？」

「いや、案外知らないんだって」

「こんだけ世界の回転を支えているのに、ですか？」

「そうだな。バウムクーヘンは知ってても、ベアリングは知らないな」

「あー、似てますね。バウムクーヘンとベアリングって似てますね。知らないやつには、そうやって説明してやればいいですね」

「そうするとお前、お菓子の一種だと思われるぞ」

「思いたいやつは思えばいいですよ。門前さんはベアリングで、世界の回転を支えてくださいよ」

「ああ、そうするよ」

「だけど寿司とナックルボールは、回転しないほうがいいですね」

「そのとおりだ。そのとおりだ、岡田くん」

僕らは爆笑しながら、ビールを飲んだ。ジョッキが空になると追加を頼み、また乾杯をする。

「おでんでんでんでんででんでんでん」

「違うだろ。おでんでんでんででんでんでんででん♪　だよ」

「おでんでんでんででんでんででん」

「ちょっと違うな」

たんたんたんたんたん、と手を叩《たた》きながら、門前さんはまた、おでんでんでんと歌う。

「先輩、先輩、」

と僕は言う。酔っぱらった頭で、それを問う。

「先輩が今までで一番、嬉しかったことって何ですか？」

「そりゃあ……、お前に会えたことだよ」

酔っぱらいの顔で、門前さんはあっさりと答える。

「何言ってんですか。それが一番なわけないじゃないですか」

「いや、それでいいんだよ。今そう思うのが、この時に一番相応《ふさわ》しいんだったら、そう思えばいいんだよ。今おれは、本気でそう思ってるよ」

「……へえー」

僕の先輩は、ときどきとても良いことを言う。

「でもそれ、照れるじゃないですか」

「いいんだよ。照れればいいんだよ。本気で照れて、本気で笑って、自分の世界を回転させるんだよ。それで世界は変わらないかもしれないけど、自分の生きる世界は変わるんだから」

「……わかりました。じゃあおれも言いますけど、門前さんがちょっと好きです」

「ちょっとなのかよ」

「ええ、ちょっとです。でも明後日《あさって》から寂しいですよ。めちゃめちゃ寂しいです。これからも門前さんにいろいろ教わりたいんですよー」

「そうか、じゃあ今、良いこと教えてやる。おれらは歴史から『おれらは歴史から何も学ばない』ということを学ぶ」

「何言ってんすか。おれは本当は、門前さんに会社を辞めてほしくないんですよぉ」

門前さんはビールを飲み干し、またお代わりを頼む。

「じゃあ、もう一つ良いこと教えてやる。世界中に定められたどんな記念日なんかより、あなたが生きている今日はどんなに素晴らしいだろう」

「ブルーハーツですか？」

「じゃあもう一つだ。牛乳を配る者はこれを飲む者より健康である」

「先輩、もういいです。そんなことはもういいんです。先輩、じゃあ今までで一番嫌だったことは何ですか？」

「嫌だったことか……」

運ばれてきたビールに、彼は口をつける。

「ああ。凄く嫌だったことが一つあるな。相手も最低だったけど、そんときの自分も許せないな」

「へー、何ですか？」

「小学校四年生のとき、公園で遊んでたんだよ。三人だったんだけどな、一人女の子がいたんだよ。クラスでも結構人気のある女の子でな、みんなで楽しく遊んでたんだよ」

「ええ」

「それでそのうち五年生の男が一人近付いてきて、おれらに交ざったんだよ。ちょっと嫌われてる感じのヤツでな、いつも結構金を持ってるんだよ。そいつはその女の子のことが好きだったのか、何なのかわかんないけど、とにかく二人きりになりたかったみたいでな」

　門前さんは、ぐびり、とビールを飲む。

「そいつはおれらに、『二百円やるから、どっか行け』って言ったんだよ」

「えー！　何ですか、それは！」

「おれらも、嫌だな、とは思ったんだよ。だけど何かな、二百円もらって駄菓子屋に行っちゃったんだよ」

「や、それはしょうがないですよ。小学生だったら、何となくそういう感じになっちゃうじゃないですか」

「まあ、そうなんだけどな。後でだんだん腹がたってきてな、そいつのこともあるけど、自分のことも許せなかったよ」

「いや、そいつが許せないですよ。何すか、そいつ！」

僕は音をたててジョッキを置いた。もう何杯目なんだろう、と思う。こんなに飲むのはいつ以来なんだろう、と思う。でもそんなことは関係なかった。

「何してるんですか、今その男は。ロクなもんになってないんじゃないですか」

「そうかもしれないな」

門前さんはまたビールを飲んだ。僕らはかなり酔っぱらっていた。

「だけどそれからおれは、女の子をちゃんと守れるようになろうって、決めたんだよ」

「えらいです。門前少年は良い子です」

「今でも基本的に同じだぜ。仕事は一生懸命やって、好きな女の子は全力で守ろうってな」

「いいですね、それ。仕事はきっちりする、女子は全力で守る」

「おお。お前も好きな女の子を守れよ」

「……ええ」

好きな女の子、と考えるとき、僕はまだ、石井さんのことを思い浮かべてしまう。

「でも先輩、守るってなんですかね？　小さい頃から思ってたんですよ。女の子を守るのが格好いいって思ってたんですよ。でも守るってなんですかね？　だって普段、不良に襲われるわけじゃないですよね。野犬にも襲われませんよね？」

「そりゃあ、お前、あれだよ。女子ってのはめんどくせーだろ？　女子はおれらよりも、めんどくせーものを、自分の中にいっぱい抱えてるんだよ。だからまあな、そういうことから守れるといいよなって話だよ」

女はめんどくせー、と僕は思う。いつだって女子は不可思議なことを言う。がたがた言ってないで、付き合っちゃえばいいだろうがよ、と思ったこともある。

「わかりましたよ、先輩！」

だけど僕は叫ぶように声を出していた。

「おれは今、ついにわかりましたよ！」

小学生の頃からの謎が、氷解した気がした。

「女子は笑わせるんですよ。だって笑ってれば、たいていの邪悪は退散するじゃないですか。それって守るってことですよね」

「……ああ、そうかもしれないな」

「仕事はきっちりする。女子はきっちり笑わせる」

「そうかもしれねえな。そうだな、そうかもしれねえよな」

門前さんは嬉しそうな顔をした。

長い人生のほんの一部分、それは蝶《ちょう》の羽ばたきのようなことなのかもしれない。だけど僕と石井さんは、ともにいた時間を一緒に笑いあって、二人の魂みたいなものを守りあった。

嬉しいじゃないか——。もしそうなんだったら、たいへん嬉しいじゃないか——。

「頑張ってくださいよ、門前さん。これからも頑張ってくださいよ」

「おう、お前もな」

海賊の船長同士が何か約束ごとを交わすときのように、僕らは腕と腕を巻き込むようにクロスさせた。その体勢のままジョッキを傾ける。そして、うしゃしゃしゃと笑いながらビールを飲む。

だん、と、ジョッキを置いた門前さんは、大声をあげた。

「岡田くん、追い風だよ。無敵の重力に逆らって立てよ。勘と度胸が、おれらの推進力だよ！」

「ええ、わかりました！　何だかわかりませんけど、とにかく旗を掲げましょう！」

「前に進めなくってもな、同じ場所でぼーっとしてるんじゃなくて、回転するんだよ。おれらはおれらの回転を手にするんだよ」

「はい！」

「夢とか希望とか、友情とか愛とか、案外そういうバカみたいなことで、世界は回るんだからな」

「思います。おれもそう思います！」

門前さん、と僕は思う。

「そういうバカみたいなことで世界を回し始めたやつだけが、いつか黄金回転を手にするんだよ」

「はい、手にしましょう！」

ありがとうございました。本当にありがとうございました、門前さん。

彼はフリスクの箱を、スチャ、と振る。だけどうまく取りだせずに、スチャ、スチャ、と何回か振る。

僕らは多分、もうすぐこの店を出る。酔っぱらいすぎてきっとうまく歩けなくて、ふらつきながら終電のホームを目指すだろう。

そこで軽く挨拶《あいさつ》をして、僕らは案外あっさり別れる。じゃあな！　はい、それじゃあ門前さん、失礼します！　おう、それじゃあな！

覚えておきたいな、と思う。

この人が酔っぱらうとこういう感じになることや、フリスクを振った後の目つきや、おでんでんや You say hello の歌や、今日言われたことや、今まで言われたこと。

そういうこと全部を、覚えておきたいな、と僕は思っていた。

◇

「おーっす」

ダウンジャケットを着た男が、こっちに向かって手を上げた。

「さみいさみい」

だけど男は上げた手を、すぐにポケットにしまってしまう。

「あけましておめでとう」

「おお、おめでとう」

実家の最寄り駅には、謹賀新年のポスターが貼られ、門松が飾られていた。並んで立つ僕らの吐く息は白く、一月二日の夜にゆっくりと溶けていく。

「さみいな」

「おお」

男は、うー、とうめきながら体を縦に揺する。

「石井は？」

「ああ、何か三十分くらい遅れるって」

「……何だよ」

揺すっていた体を止め、男は僕の顔を見た。

「お前、それを先に言えよ」

「そうか？」

「だったら、先に行っちゃおうぜ」

「そうするか」

「そりゃそうだろ、早く行こうぜ」

何だよ、と言いながら、男は僕に肩をぶつけてきた。懐かしい感触だった。八年ぶりに会った柳は、感慨とか感傷とかそういうものを一切省略して、僕の斜め前をすたすたと歩く。

「どこ行くんだ？」

「あそこ」

目の前、二十メートルくらい先の小さなビルを、柳は指さした。指の先には軽薄な名前のチェーンの居酒屋が見える。柳はまた手をポケットにしまう。

店の選択とかは彼に任せてあった。正月だからあんまり店がなくてな、と彼は言う。空いているだろうけど、念のため予約しといたよ——。

「あー、じゃあ、石井に場所を伝えといてくれよ」

「おお」

エレベーターに乗り、僕は携帯電話を開いた。ミナミグチヲデテ、マッスグニ、と、nimame1013宛てにメールを打つ。店員に案内されて、僕らは席に着く。

「寒いから熱燗《あつかん》でいいか？」

「おお、いいな」

いきなり注文を始めた柳（食べ物も頼んでいる）の向かいで、僕はメールの送信ボタンを押す。それから慌ててメニューを開き、滑り込みで湯豆腐を注文する。

「久しぶりだな」

店員が去ったあと、柳はようやく八年ぶりらしいことを言った。

「そうだな、八年ぶりだぜ」

「へえー、もうそんなになるのか」

久しぶりにゆっくりしようと思って、大晦日《おおみそか》の夜から実家に戻っていた。新年になったとき、何となく柳にメールをした。そうしたら、暇なら会おうぜ、と、意外な返事がきた。じゃあ、明日の夜に会おうか、と僕らは簡単に決めた。

今日の午後になって、お前、石井も誘ってみろよ、と柳からメールが来た。

どうしようかな、と少し迷った。でもこういうことを誘うのに、別に遠慮することはなかった。実家にいるかどうかもわからなかったけど、ダメもとでメールをしてみたら、彼女はちょうどこっちに戻ってきたところだった。

わかった、行くねー、と返事はあっさり戻ってきた。

好きな人、と考えてみれば、やっぱり今でも石井さんのことを思い浮かべてしまう。でも大晦日、新幹線に乗ったとき、彼女のことは思い返さなかった気がする。そう言えば考えなかったかもな、と、今ようやく僕は思い返している。

久しぶりに会うことになって、ちょっと緊張しちゃうかな、と思った。でも案外、僕らは普通の仲良しになっているのかもしれない。指を折ってみると十ヶ月ぶり、ということになる。

柳と会うのは八年ぶりだったけど、緊張とかはまるでなかった。

「お前って何か、久しぶりとかそういうことを全く感じさせないな」

「何だよそれ。お前だって、全然懐かしくねえぞ」

目の前の男は、顔が少し丸くなっていたけど、おおむね柳の輪郭を保っていた。多分、自分もそんな感じなんだろう。

会って一秒で、昔の雰囲気に戻った気がした。柳といるときの自分は、中学や高校のときも、こんな感じの〝気分〟だった。二人で一緒にいて、二十分くらい無言でも何とも思わない。そして案外スキンシップが多い。

やがて僕らの前にお通しと熱燗が運ばれてきて、そのことは少し不思議だった。かつて僕らは一緒に給食を食べたり、コーラを飲んだりしていた。感覚は昔のままで、飲むものだけが、牛乳から熱燗に変わった。

僕らはちびちびと飲み始めた。柳は携帯電話を取りだし、何かを確認している。

「あー、」

と、柳が言った。

「ちょっと今さ、彼女が近くにいるんだけど、後で合流してもいいか？」

「おお、もちろん。ぜひぜひ」

この男の口から当たり前に〝彼女〟という言葉が出るのが、新鮮だった。柳はゆっくりした手つきでメールを打ち始める。その間、僕らは何もしゃべらない。

最初に出てきたさつま揚げをつまみ、酒を飲んだ。席は簡単なついたてに囲まれていて、ちょっとした個室のようになっている。冷えた体が、少しずつ温まっていく。

「何かさ、おれらって昔、どんな話をしてたっけ？」

「んー？　わかんねえな」

考えてみれば、こいつと一緒に休み時間に遊んで、放課後はゲーセンに行ったりして、だけど何を話していたかと問われたら、全然わからない。多分、そのとき目の前にあることを口にしていたんだと思うけど……。

「今、誰かと一緒にいて、無言でいることってあんまりないだろ。だけどお前といて無言でも、全然気にならねえな」

「ああ、そうかもな」

「小さいころの友だちだと、そういう感じになるのかな」

「そうなんじゃねえの」

柳は煙草を取りだし、火をつけた。僕は湯豆腐を、れんげですくう。

「お前、煙草吸ってて、彼女に嫌がられたりはしないの？」

「いや、何か好きだって言ってたぞ」

「彼女も吸うのか？」

「いや」

柳はぷはー、と煙を吐く。

「何かな、吸われると安心するんだってさ」

「どうして？」

「少なくとも相手が吸っている間は、一緒にいてくれるからだって。今の時間がまだ続くんだって、安心するらしいぞ」

「え、何だそれ？」

「相手は煙草吸って満足しているわけで、その間は、自分がつまらない人間だと思われずにすむ、って言ってたな」

「ふーん」

と、僕は言った。だけど……大丈夫なんだろうか……。

「彼女って、おとなしい子なのか？」

「んー、まあおとなしいかな。でも飲むと結構しゃべるけどな」

手にした燗酒はぬるくなっていたけど、反対に体はすっかり温まっている。

「じゃああれだな、お前は彼女を安心させるために、煙草を吸いまくらなくちゃな」

「いやいや。最近はそんなことないと思うよ。ちょっと昔の話だよ」

柳は少し笑った。

「若いころはそういうこともあるだろ。そういうのがどっか残ってて、今は吸う人を見ると何かちょっと安心するっていうか、安心の名残みたいなものを感じるってことだと思うぜ」

柳は煙草の火をもみ消すようにした。

「おれだって本当はもう、煙草止めたいんだよ」

「ふーん」

「同じの頼むか？」

「ああ」

僕らは熱燗を追加注文した。テーブルの真ん中にほっけの開きがあって、柳は右側を、僕は左側をつつく。

「お前って昔から、何か大人っぽかったよな」

「そうか？まあ、っぽいってだけだろ。実際には同じことしてるんだから」

「いや、同じことしてるんだけど、お前は落ち着いた感じなんだよ」

柳はまた少し笑った。

「でもおれな、未《いま》だに自分がプロレスラーになったときのこと考えるぜ」

「まじかよ！」

出てきた熱燗を注ぎ、急激に愉快な気分になる。

「お前は中学のとき、キラー・ヤナギって名乗ってたよな」

「お前だって、タイガー・ジェット・シンジだろうがよ」

ふはははは、と僕らは笑う。

「あの頃よ、おれらタッグ組んで、ビッグバン・エイジとドラゴン岡部を倒してたよな」

十一年ぶりのドラゴン岡部という単語に、僕らはのけぞりながら笑った。

あの頃、ドラゴン岡部のタックルはちょっと要注意だった。ビッグバン・エイジのローリングソバットは、全然ジャンプ力が足りなかった。僕ら二人は、ツープラトンのパロ・スペシャルを考えだし、得意技にしていた。

「だけど橋本に、すげえ怒られたよな」

「ああー」

あるときアニマル金森がトップロープ（教室の後ろの棚）から、脳天唐竹割りを放ち、そのとき花瓶が割れてしまった。僕らは橋本先生に三十分くらい正座をさせられ、反省文を書かされた。そしてもう二度とプロレスごっこをしないことを約束させられ、次の日から相撲を始めた。

「今でも寝る前にな、自分がプロレスラーになって闘ってる映像を想像するんだよ。そうすると割と簡単に寝付けるんだよ」

「何だそれ。お前、結構変なこと言ってないか？」

「いや、まあ癖みたいなもんでな。それが一番寝付けるんだよ」

「へえー」

「ときどきタッグマッチのこと考えるときはな、おれのパートナーは今でもタイガー・ジェット・シンジだぜ」

ふはははは、とまた僕らは笑った。

「それは嬉しいよ。いや、でもどうだろう。嬉しくないかもな」

僕らはかつてタッグチャンピオンとして、勝利の喜びを分かちあっていた。今はほっけや湯豆腐や熱燗を、分けあっている。

「そう言えば、石井は？」

携帯電話を眺めながら、柳は言った。

「そろそろ来ると思うんだけど」

自分の携帯電話を見てみたけど、着信はなかった。

「こっちはあと五分くらいで来るって」

と、柳は言う。いらっしゃいませー、と遠くで声が聞こえる。

「お前ら、こういうところに一緒に来るってのは、風通しのいいカップルだな」

「いや、でも初めてだぜ。誰かに紹介したりするのは、今日が初めてだよ」

「え、そうなの？」

僕はちょっと驚いてしまった。

「でもまあ、普通の子だから心配すんなよ」

「別に心配はしてないけど……」

入店した四人くらいの集団が、目の前を通り過ぎていく。

「お前はその子のことが好きなのか？」

「あたり前だろ。結構好きだよ」

だけど柳がどんな顔をして女の子と付き合っているのか、元タッグパートナーの僕には、あんまりうまく想像できなかった。

「その子はキラー・ヤナギのことが好きなの？」

ふふふふ、と柳は薄ら笑いを浮かべる。

「ああ、結構好きだよ。多分べたぼれだよ」

「ホントかよ。お前のどこが好きなんだよ？」

「んー」

柳はとっくりをひっくり返して、最後の一滴までをおちょこに注いだ。それから体を反転させて、大きな声で追加を頼む。

「それはわかんねえけどな、何かアボカドのことを言ってたな」

「アボカド？」

「何かな、おれがアボカドの種を植えたんだよ。そのことにいたく感動したらしいぜ」

「何だよそれ、どうしてお前がアボカドの種を植えるんだよ」

「いや、向こうが植えたいって言ったんだよ」

「ちょっと待てよ。向こうが植えたいって言って、お前が植えて、それで向こうがお前にホレるっておかしいだろ」

いらっしゃいませー、と遠くで声が聞こえる。

「まあでも、向こうがそう言うんだよ」

「何、彼女って不思議ちゃんなの？」

目の前に熱燗が運ばれてきた。そのとき柳は入り口のほうに目をやって、おお、という感じに手を上げる。それから僕に向き直り、来たよ、と簡単に言う。

慌てて姿勢を正し、おしぼりで口をぬぐった。目の前に現れた柳の彼女に、どうも、と挨拶をする。

笑顔でこちらを見る彼女に、僕の目は少し泳いでしまった。視線は彼女を捉《とら》えたあと焦点を失ってさまよい、やがて手元のおしぼりに移る。思考が行動を後追いするようにぶれ、その後一所《ひとところ》にまとまろうとする。それに先行して、視線はまた彼女を捉える。

あれ、と、僕は声に出さずに言った。それから「あれ」と、声に出した。

そのとき僕はどんな表情をしていたんだろう。くるん、と思考を一回転させた後、えー、とか何とか僕は言った。それから目の前の二人が爆笑するのがわかると、事態を把握して、えええええーっ、と大声を出した。

「え、何？　どういうこと？」

「ごめん、ごめんね、ごめんね」

「ちょ、ちょっと待ってよ」

目の前にいるのは知っている人だった。十一年ぶりだったけど、それは確かに知っている人だった。

「今お前、二度見しただろ」

「何が！」

「二度見したな、お前」

「ごめん、ごめんねー」

「何、二人が付き合ってるの？」

「うん、驚かしてごめんね」

うわはははは、と笑ったり、のけぞったり、テーブルを叩いたりしながら、いろんな声が飛び交った。

僕を驚かす、という目的を二人が持っていたのなら、僕は素晴らしい受け身を取っただろう。多分、僕は目を丸くしただろうし、そのあとシャッターが降りたように思考を停止させたし、それから絵に描いたような二度見をして、くるくる目を回すようにした。声を出せないほど驚いたし、そのあと、のたうちまわりながら大声を出した。気持ちの起伏をグラフにしたら、ブラックマンデー直後のニューヨークダウのチャートみたいだっただろう。

柳の隣に座っているのは白原さんだった。二人は付き合っているという。半年前から、二人は恋人同士だという。

「えー！」

「ごめんねー」

衝撃の事実が、頭上で炸裂《さくれつ》していた。それからしばらく僕らは騒ぎ続けた。

「お前のおかげなんだよ」

と、柳は言う。

「前にお前に連絡してみろよって言われて、おれらそれがきっかけだったから」

「まじかよ。だけどそれはまあ、よかったよ」

「あのね、私たち、今凄くお互い好きだし、付き合って良かったって思ってるの。それでね、最初に岡田くんに祝福してもらおうって思ったの」

「そりゃあもう、祝福するよ。この世で一番祝福するよ」

「でもちょっと驚かせちゃおうって思ったの。ごめんね」

「白原さんはいいんだよ。柳はむかつくけど。でもめちゃめちゃ驚いたよ」

「うん、こんなに驚いてもらって、とても嬉しい」

白原さんが心底嬉しそうな表情で言うので、僕も嬉しくなってきた。さっきまで白原さんの顔を思いだすことなんてできなかった。だけど目の前の彼女は、ちゃんと十一年後の白原さんだ。

「全然変わらないね、白原さん」

「そうかな？」

柳や僕や石井さんよりも、白原さんは中学のときの面影を残していた。

だけど変わらない、という言い方は、本当は正しくなくて、彼女はあの頃よりも、世界に対して開いたように見える。あの頃、内を向いていた彼女の魅力は、今、ちゃんと外を向いている。どことなく大人っぽいと思っていた彼女だったけれど、今はとても歳相応に見える。

笑って騒いで、少し落ち着いた僕らは、そこでようやく乾杯をする。

「でも白原さん、どうして、こんなやつのことが好きなの？」

「えー」

梅酒のグラスを握った白原さんは、少し照れた表情になった。

この人はこんな可愛い表情をするようになったんだな、と思う。中学時代の彼女は、ずっと息を潜めているような感じだった。だけど今は、こんなふうに伸びやかに微笑み、こんなふうに嬉しそうにしている。

「私ね、今まで誰かと付き合っても、好かれてる実感が全然なかったんだ。でも柳くんには、凄く好かれてる気がするから」

「なんで？　どうしてそう思うの？」

「えー、……なんかいつも、好き好きって言ってくれるし」

白原さんはもの凄く恥ずかしそうな表情をする。

「おい！」

僕は笑いながら柳に怒鳴った。

「お前、意外すぎるぞ、柳！」

おしぼりを投げつけると、それをキャッチした柳が、にやりと笑う。

「あとさ、こいつがアボカドを植えたって聞いたけど、それって何？」

「ああー」

白原さんは柳のほうを、ちら、と見て（そういうカップルならではのアイコンタクトが、とても微笑ましい）、それからゆっくり説明してくれた。

柳が初めて家に来たときに、白原さんはアボカドの料理を出したらしい。彼女は子供の頃からアボカドの種を見るたびに、これを植えたらどうなるのかな、って思っていた。

「そのことを話したら、じゃあ植えてみようぜって言われたの」

柳は牛乳パックを持ちだして、どこかで土を入れてきて、実際にその種を植えた。自分がずっと温めるように思っていたことを、柳がいとも簡単に実行したことに、白原さんは驚き、そして感心したという。

「でも芽が出なかったらどうしようって、私は思ったの。そしたら柳くんは、捨てればいいって。おれが捨ててきてやるよって」

説明する彼女の隣で、すっとぼけた顔をして柳が日本酒を飲んでいる。

「私は何だか感動したんだ。そのとき、この人のことは凄く信頼できるし、頼れるなって思ったんだ」

へえー、と、僕は思った。

そんなことかよ、とも思う。だけどそのことが白原さんを安心させたことも、凄くわかる。

「それでアボカドの芽は出たの？」

「うん。もう鉢に植え替えて、結構大きくなったよね」

白原さんは柳のほうを見る。

「ああ」

と、柳はクールに答えた。

その実がなるといいな、と僕は思う。いつか二人のアボカドが実をつけて、それを二人で見守る日がくるといいな。

ときどき目を合わせてしゃべる二人は、案外お似合いな感じだった。白原さんの心は伸びやかで、柳の眼差《まなざ》しは愛《いと》おしむ感じに優しい。それはカップルのマジックなのかもしれないけれど、こうして見るとこれ以上の組み合わせはない気がしてくる。

何だか嬉しかった。初めて祝福してもらう相手に僕を選んでくれてありがとう、と心から思う。

「君たち、何だかエターナルな感じがするよ」

酔っぱらった僕は、二人を前にしゃべり続けた。

お前ら幸せかもしれねえけど、おれも幸せだよ――。バカか、お前は、エターナルは永遠ってことだよ――。白原さんとこんなふうに再会できたのも嬉しいよ――。バカか、お前は。そんなんじゃねえよ――。まじでいい正月だよ、これはまじでいい正月だよ――。

いらっしゃいませー、と遠くで声が聞こえた。

「柳、おれにも梅酒を頼んでくれ」

「おう、あんまり飲み過ぎんなよ」

「バカか、お前は。今日は飲み過ぎるよ、おれは」

「凄い、何か嬉しい」

と、白原さんは言った。

「私ね、柳くんと岡田くんのコンビを、いつかまた見たかったの。今なんかちょっと泣きそう」

「いや、そんないいものじゃないんだよ、おれらはもっと殺伐とした――」

そのとき正面に、石井さんが現れた。

おせえよ、と僕は言った。石井さんは僕を見てにっこり笑い、それから白原さんを発見して、うきゃー、という感じの奇声を発した。二人は、ばんばんと抱き合うようにして、再会を喜びあっている。

何だろう、と思う。

僕はこの人のことが好きで、今日も再会することに少し緊張していた。

でももう、この際、そんなことはどうでもいい気がした。卒業式に寄せ書きを書いて、それから離散した四人は、十一年後の正月、こんなところに集結した。こんなことは、そう簡単に起こることじゃない。

石井さんは僕の隣に座る。底のほうに溜《た》まっていた感慨が、ふわん、と舞う。

「おっす」

僕が右手を掲げると、石井さんがその手にぱちん、と合わせた。そのとき花びらみたいな感慨が、もう一度、空中に舞った気がする。

「あけましておめでとう」

「おめでとう！」

それでキマった気がした。僕と石井さんのこれからは、そのハイタッチできれいにキマった気がした。

「凄い。嬉しい」

力を込めた感じに白原さんは言う。

「こんなに嬉しいことってないと思う」

「……何が？」

「私、石井さんと岡田くんのコンビを、いつかまた見たかったの」

白原さんはそこで本当に涙ぐんでしまって、柳に頭をぽんぽんとされている。

「この二人、付き合ってるんだってよ」

「えー！」

石井さんはもしかしたら、僕よりも大きな声で驚いたかもしれない。一人、出遅れていた石井さんはビールを飲みながら、高速で質問を繰りだす。僕は少し酔いを醒《さ》まそうと、ウーロン茶を頼む。

あの頃、制服を着て給食を食べていた四人は、あの頃の魂を少しずつ持ち寄るようにして、ここに集まった。この瞬間の懐かしさや感慨を、まるごと未来に持ち越せればいいと思う。話したいことや訊《き》きたいことはたくさんあるけど、もう何も言わなくていい気がする。

「私もね、訊きたいことがあるの」

あの頃見ることのできなかった笑顔で、白原さんは僕と石井さんを交互に見る。

「二人は東京で会ったんでしょ？」

「……うん」

僕と石井さんは一緒に顔を見合わせた気分になって（でも見合わせずに）、頷《うなず》く。

「それで、ちゃんこは食べたの？」

「ちゃんこ？」

そこで僕らは本当に顔を見合わせた。食べたっけ？　という表情を僕がして、いや食べてないよ、という顔を彼女がする。

「キラー・カーンのちゃんこだよ」

「キラー・カーン！」

今度は柳と僕が顔を見合わせた。

「凄《すげ》え、その単語、十年ぶりに聞いたよ！」

「なになに？　キラー・カーンってなに？」

「私もよく知らないんだけど……」

白原さんはとてもゆっくりとしゃべる。

「キラー・カーンは、かつてアンドレの足を折って、全米を震撼《しんかん》させたの」

僕と柳は風船が破裂したように爆笑する。

「そしてその後、都内でちゃんこ店を開いたの。中学のときね、岡田くんと石井さんは東京に行って、その店に行こうって約束してたよ」

「え、そうなの？」

僕は少し驚いてしまった。その約束を僕らがしたこともそうだけれど、それを白原さんが覚えていることも驚きだった。

「そっか……、行ってないのか」

白原さんは寂しそうな顔になる。

「でもね、嬉しい。私、二人はちゃんとどこかで、再会するって思ってたから」

遠い国の物語を朗読するように、彼女はゆっくりとしゃべる。

「どうして」

と、石井さんが訊いた。

「どうして再会するって思ったの？」

「……じゃあまたね、って言ってたから」

「卒業式の日にね、二人は別れ際にそう言ってたよ」

……じゃあまたね、と、僕らは卒業の日に言った。……じゃあまたね、と言った。

「変なことばっかり覚えてて、ごめんね」

時間の魔法を解くように、白原さんは言葉を継ぐ。

「だけど私、岡田くんと石井さんのユニットを愛してたから。ずっとね、二人の話に耳を澄ましてたの。ずっと覚えておこうって思ってたの」

「へえー」

石井さんは白原さんをじっと見つめている。

「白原さん」

と、僕は言った。

「いつか、石井とちゃんこ食べに行くよ。なあ、行くよな？」

「うん。今度東京行ったら、絶対行く」

宣言するように彼女が言うと、白原さんは嬉しそうな顔をした。すぱー、と柳は煙草をふかす。

「あとね、他にも訊きたいことがいっぱいあるの」

小さいけれどよく通る声で、白原さんは話す。

「何？」

「何？　いつ？」

「えーっと……、じゃあまずね、ISGPって何？」

「それかよ！」

僕はひっくり返りそうになってしまった。

「だってそれは柳に訊けばいいじゃん」

ああ、そうか、という顔を白原さんはして、柳のほうを見る。

「インターナショナル・スモウ・グランプリ」と、柳は低い声で言う。

「凄くどうでもいいね」と、石井さんは言う。

「全くどうでもいいな」

「お前が考えたんだよ」と、柳は言う。

「じゃあ、おれも訊いていい？」と、僕は言った。

「卒業式のとき、石井はおれと写真撮って、泣いたよね」

「うん」

白原さんはあっさり答える。そら見たことか、と勝ち誇る僕を無視して「ねーねー、じゃあ、私も訊いていい？」と、石井さんは言う。

「柳くんのこと、中学のときからずっと好きだったの？」

「えー、そういうわけじゃないけど……」

僕らは身を乗り出すようにして彼女の話を聞く。

「……でも繋《つな》がってることだと思う」

「繋がってる？」

「修学旅行のときね、」

「うん」

僕も石井さんも、こんなにたくさん彼女の話を聞いたことはなかった。僕ら二人は十一年の時を経て、今度は、彼女の話に耳を澄ます側になったのかもしれない。

「帰りの新幹線の中で柳くんは、また来ようぜ、って言ってくれたの」

「へえー」

「お前、本当かよ？」

「全然覚えてない」

低い声で柳が言うと、白原さんは少し笑った。

「去年会ったときにその話になって、そしたら、じゃあ行こうぜって言われたの。そのとき、含まれたんだなって思ったの。私はあの頃何もできなくて、みんなに甘えてるだけだったけど、そういう物語でも、また新しい物語にちゃんと含まれたんだと思ったの」

「へえー」

僕は感心してしまった。僕と石井さんは、じゃあまたね、と言って、柳は、また来ようぜ、と言った。それらは確かにちゃんと、新しい物語に繋がっている。

「それで、もう行ったの？」

「ううん、まだ」

「行くといいよ。奈良は凄くいいよ。なあ？」

「うん。凄くいいと思うよ」

僕の隣で石井さんは笑う。

「あとさ、谷風くんって何？　寄せ書きに書いてたやつ」

「……あー」

白原さんは恥ずかしそうに笑った。

「あれは、あの頃書いてた小説みたいなのがあってね、その最後の一行をあそこに書いておきたかったの」

「へえー」

それから僕らは、まだまだいろんな話をして、ときどき大声で笑った。

途中で白原さんが封筒を取りだした。

「これね、卒業式の日の写真なんだけど、いつか見ようと思って封をしてあるの」

記憶の映像が写真の映像に置き換わっちゃうのが嫌、という理由で、彼女は写真を封筒に入れて封をしてしまったらしい（やっぱり彼女は少し変わっている）。ずっといつか見ようと思っていて、今日がそのときかも、と思って持ってきたらしい。

「わー！」

出てきた写真を見て、石井さんが華やいだ声を出した。おー、と柳も地味な驚き声をあげる。

三月の陽射しの下、制服を着た四人がピースをしている。

あの日、僕らは一緒に教室という箱を出て、それぞれの物語を歩きだした。そして今は甘酸っぱいセンチメンタルを、懐かしく愛おしむような歳になった。

封筒と一緒に銀色のメダルとエビのレプリカが出てきて、何だこれは、という話になった。

「エビは岡田くんに貰《もら》ったの。メダルは何かね、卒業式の日に柳くんと取りに行ったの。何か、かちかちってする不思議な機械でね、メダルを出してくれたの」

「あー！　メダル、私も岡田くんに貰った！　エビも貰ったかも！　でもどっちも持ってない」

「何で持ってねえんだよ」

「えー、だって普通、持ってないよ」

「それだ。こいつらが付き合いだして、おれらが不慣れな局地戦に終わった理由はそれだよ」

石井さんは肩をすくめるようにして、恥ずかしそうに笑う。

「何、局地戦ってなに？」

「いや、何でもないんだけどね、でもベアリングは持ってるよ」

石井さんは慌てた様子で、僕に向き直る。

「おれもシカの置物は持ってるよ」

「へえー」

と、白原さんは微笑む。

「二人が仲良くて嬉しい」

おれも嬉しいよ白原さん。

「でも、どうしてメダルなんて、今まで持ってたの？」

「えー、だって持ってれば、メダル王に会えるかと思って」

声を合わせて、僕らは爆笑する。

「白原さんはベアリングって知ってる？」

「知らない。何それ？」

「バウムクーヘンみたいなやつだよ」

「それじゃあわからないでしょー」

僕の大好きな笑顔で、石井さんは言う。

十一年の空白を埋めるように、僕らはまだまだいろんなことを話した。トーガのことや、ドサンのことや、マツシタのことや、高校のときの話。そんなもので長い空白が埋まるはずがなかったけれど、夢中で話した。

こうやって話していると、人生は箇条書きのようなものにも思える。だけど項目と項目の間は、こうやって笑い合って埋めることができる。

「やー、あれだよ。私たちも、ちょっと大人になったんだよ」

笑い疲れた様子で、石井さんは息継ぎをした。

「だけど白原さんって、結構しゃべるんだね」

あの頃、僕らは中学という箱の中でもみ合っていた。

「私、飲むと饒舌《じょうぜつ》になるみたいなの。何かすぐ笑っちゃうし」

中学生の白原さんにも、伝えたいことや言いたいことがいっぱいあったんだろうな、と思う。

「そっかー。全然知らなかったな」

だけど毎日マシンガンのようにしゃべっていた僕らも、実際には同じだった。伝えたいことにも、気付かなければならないことにも、無頓着《むとんじゃく》で無防備だった。

「ねえ、初詣《はつもうで》って、もう行った？」

「まだ」

「まだだな」

「じゃあ、今から行かない？」

「今から？」

「や、いいよ、行こうぜ」

「いいねー、行こう行こう」

かつて特別な気持ちは、情熱であり、嵐のようだった。時間や距離は宿命的にそれを薄れさせるけれど、そのことを悲しんでいる時間は、僕らにはない。

「どこ行く？」

「八幡《はちまん》さんかな」

「そうだな」

だってこんな日が来るなんて、全然思わなかったのだ。

「なあ、ごめん。おれもう行っちゃったんだけど」

「いいじゃねえかよ、柳、何度でも行けよ」

「そうだよ。そういうのは、何度でも行けばいいんだよ」

「そうかな？」

「そうだよー」

僕と石井さんの間には昔とは違った色の親密さが、ちゃんとある。それは一年前とも
十一年前とも違う色だけれど、薄れてはいない。

「じゃあ行こうか」

「うん、行こう、行こう」

「今から行く？」

「そうだな、そろそろ出るか」

「そうするか」

石井さんのことが好きでした、と思う。石井さんのことが好きでした、と僕は思う。

「じゃあ会計しよう」

「いくら？」

「石井は少なめでいいよ」

不思議なカプセルの中に、僕ら四人が入っているような気がした。ふわーん、と嬉しくて、温かくておめでたくて、懐かしい。そこには期待や希望のようなものが詰まっている。

白原さんとこんなふうに話す日が来るとは思わなかったし、柳と酒を飲むことさえ、考えたことがなかった。四人が揃う日が来るなんて思わなかった。

もしかしたら僕らは、また四人で奈良に行く日を迎えるのかもしれない。四人でまた恐竜を見る日がくるのかもしれない。

それぞれの小さな物語は、やがて違う物語の一部となる。あのとき始まったことのすべては、大きな物語に含まれ、新しく始まる。

「起立だ！」

僕がかけ声をかけると、三人は勢いよく立ち上がった。

「礼！」

石井さんが言い、僕らは互いに礼をする。そして、うはははは、と、笑う。

外に出ると、雪が降っていた。白原さんが僕らを代表するみたいに、わー、と声を出す。僕らは初雪を見上げるような気持ちで、降る雪を見上げる。

落下する雪は、静かに着地し、その姿を消す。また着地し、その姿を消す。また着地し、その姿を消す。

これから僕らは初詣に向かう。かつて暮らしたこの街の繁華街を通って、大川の脇を歩き、八幡さまに向かう。

ぱんぱん、と柏手《かしわで》を打って、祈ろう。人類の幸せを祈られても八幡さまには荷が重いだろうから、四人の幸《さち》を祈ろう。僕らそれぞれのこれからが、健康で素敵なものでありますように、と、白い息を吐きながら祈ろう。

それからおみくじを引こうと企《たくら》んでいた。何としても大吉を引き当てねばと、早くも僕は考えている。

僕の好きな石井さんは、今夜、ダッフルコートを着ていた。背中でコートのフードが、ぱっくりと口を開けて待っている。

そこにおみくじを入れるのが、今年初めてのミッションだった。

それできっといい年になる。今年はきっといい年になる、と、思っていた。

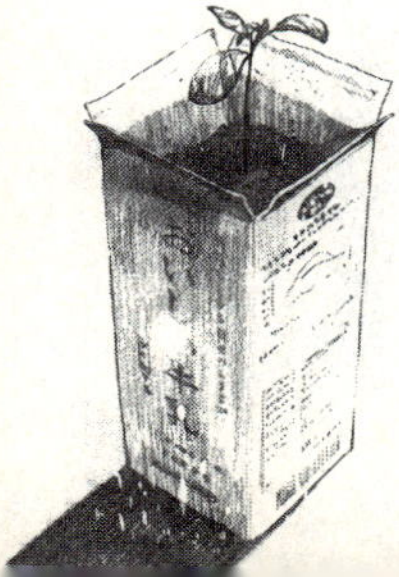

解説

椎名隆彦（しーなねこ）

この小説を読み終えたのは、四月の暖かくなり始め。やわらかい日が差し込む通勤電車の中だった。最高に素敵で、ふんわりした読後感に漂いながら、思った。

「解説、いらないのでは」

物語に入りやすくて、楽しくて、爽《さわ》やかで、心の深いところにしっかり残るものがある。他に何がいるのだろう。

中村航《なかむらこう》さんの小説を読むと、とても巧妙にデザインされた製品といった印象を受けることがある。すぐれた製品は使い方をユーザーに意識させないものだ。説明書なんか読まなくたって、自然に正しく使うことができる。それは、ユーザーがその製品に触れたときに、本能的に選ぶ行為を導いて、操作できるようにデザインされているからだ。そして、知らず知らずのうちに、高度なことができてしまう。

これと同じように、おもしろく読んでいるうちに、大切なことが、読者の胸に自然に響いてくる小説。それが中村航さんの小説だと思う。だから、小説の説明書にあたる

「解説」は、いらないのでは、と思ってしまった。けど、書いてみる。

◇

社会人三年目の主人公岡田くんと、十年目の先輩門前さん。作品は、ふたりの会話で始まり、門前さんはこんなことを語る。

「ブラジルで一匹の蝶《ちょう》が羽ばたくと、それがテキサスでトルネードになるらしいぞ」

不確実性が支配する環境下では、気づかないほど小さかったことが、時間とともに、予想のできない巨大なことに変化する。これをバタフライ効果という。カオス理論の用語だ。

門前さんは、世界の法則のようなものを漠然と捉《とら》えつつ、全編を通して、岡田くんと読者にインスピレーションを与えてくれる。このセリフもそのひとつだ。

そして、岡田くんは、ある偶然をきっかけに、中学の同級生女子、石井さんと十年ぶりに再会する。

本作『あのとき始まったことのすべて』は、十年前の「あのとき」にあった、主人公たちの小さな羽ばたきが、十年後にどんなトルネードになったかを、美しく見せてくれる物語だ。

「中学生活なんて今から考えれば、ただハイテンションに生きているだけで他には何も無かった」

石井さんと再会した岡田くんはこう振り返るが、ふたりとも忘れているだけで、とてもたくさんのことをしていた。たしかに、中学生のすることはハイテンションでバカっぽいことが多い。給食に親子丼が出たら「親子丼できたどーん」と言うし、前の晩にテレビでアホウドリの求愛ダンスを見たら、歯をカチカチ鳴らしてそれを実演したりする。しかし、これらのひとつひとつの行為が、小さな羽ばたきとして、きちんと存在していたことは、もうひとりの同級生白原さんの視点で描かれる中学生活の中で、しっかりと確認することができる。

◇

本作のおもしろくて特徴的なところは、ストーリーはもちろんだが、その構造にあると思う。「いま」のことが、岡田くんの視点で語られ、十年前の中学生活である「あのとき」は、別の章で白原さんの視点で語られる。時間軸上のふたつの視点から眺めることで、バタフライ効果を立体的に観察することができる。

石井さんは思い出す。「あのとき」の岡田くんが、エビ（のレプリカ）をどこからか出したことを。しかし、「いま」の岡田くんは覚えていない。

「僕は今までの人生、エビを出したことがないと思っていた。だけどかつて僕は、エビマジックみたいなことをしたらしい」

しかし、次章の白原さんの視点で描かれる「あのとき」。亜空間を移動したエビが、石井さんのパーカーのフードから出てくる。ここでさらに、パーカーのフードに新たな意味が付加される。

「あのね、好きな人のパーカーのフードには、何か入れたくなるんだよ」

白原さんのこの言葉は、ふたたびパーカーのフードを通って、時空を超え、十年後の「いま」に戻ってくる。巨大な感動のトルネードとなって。

この他にも魅力的ないくつものプロセスが、「あのとき」と「いま」を往復し、大きくなり、お互いに含み含まれつつ、生命のように動いている。この大きな流れ、ダイナミズムが、バタフライ効果の観察によって、圧倒的なパワーで感じられる。本作の醍醐《だいご》味《み》だ。

◇

本作に限らず、中村航さんの小説に、共通するものがある。それぞれの作品を惑星としたら、その中心にある太陽のような存在で、作品の振舞いを必然的に定めている法則のようなもの。たとえば、『ぐるぐるまわるすべり台』で、木島教授が語る、「黄金らせん」が、そのひとつだ。

――黄金らせんはオウム貝の殻や、ヤギの角などに現れることでも知られています。生物の成長というのはすなわち、相似《そうじ》な変形の繰り返しであるという原則が、このことからもわかります。つまり黄金比は物事が成長するときの普遍的な比率なのです。それゆえに我々は美しいと感じるのかもしれません。

中村航さんは小説の中に、黄金らせんに見られるような、自然界に存在する、調和をもたらす美しい法則を組み込んでいる。これはすごいことだ。なぜなら、自然界のシステムを人間の手でシミュレーションするようなことだからだ。しかも、笑いなどの要素を織り交ぜて。こうして、人間が本能的に求めている普遍的なもので物語が構築されるため、小説がとても精密にデザインされていても、読者はその技をほとんど意識せずに、物語にすんなり入ることができる。

さらに一歩踏み込むと、万物を秩序立てて統一しているもの、「宇宙」まで感じられる。本作でいうと、バタフライ効果によって表現された物語全体のダイナミズムだ。入りやすくて、楽しくて、爽やかな小説に込められた宇宙。おもしろく読んでいるうちに、大切なことが自然に胸に響いてくるのは、右のような理由によると思う。中村航さんの本質的なところは、こういうところにあるのでは、と思う。

◇

何かが始まるとき、今がそのスタート地点だと意識できることなんてなかった。だから仮に、あのときと呼ぼう。あのとき始まったことのすべては今、巨大な風になって僕に吹いている。

僕にとっての「あのとき」は、中村航さんにファンレターを送った八年前だ。それからいろいろあって、いま、この解説を書いている。おどろいた。小さな羽ばたきが、巨大な風になるのですね。

中村航さんは、作品で描いていることを、現実生活の中でも、リアルに信じさせてくれる。それは、中村航さんご自身が、物語の強度を求めて、らせんの中心に近づこうと、ぐるぐると修行のように回転を繰り返しているからでは、と思っている。中心に辿《たど》り着ける確証はなくても、信じて回転を続ければ、それだけ物語と現実の互換性は高まっていく。

目指すものが遠すぎて、自分にはできないと感じることが、よくある。実際にできずに、一生を終えることになるかもしれない。しかし、できるかできないか、するかしないかを決めるのは他人ではない。自分で決めて、信じて生きるしかないのだ。たとえ、それがバカみたいなことであっても。門前さんは、次のように言っている。

「そういうバカみたいなことで世界を回し始めたやつだけが、いつか黄金回転を手にするんだよ」

◇

中村航さんに、小説を書くために大切なことをうかがったことがある。中村航さんは腕組みをして、うーんと唸《うな》ったあと、空を眺めて、確率の雲の中から、より正確なイメージを言語化するようにして、おっしゃった。

「根性、じゃないかなー」

ちょっと、ずっこけた。こんな直球な言葉をいただくと思わなかったから。

中村航さんは作品を通して、生き方を通して、黄金回転を手にしようとしている。

この作品を読んだことが、読者それぞれの「あのとき始まったこと」になると思う。たくさんの人の小さな羽ばたきが、あちこちでシンクロして、トルネードになったとき、大きな奇跡が起こる。

本作は、そのことを自然に、リアルに、信じさせてくれる作品だ。

本書は二〇一〇年三月に小社より刊行された
単行本を加筆修正の上、文庫化したものです。

あのとき始《はじ》まったことのすべて

中村《なかむら》 航《こう》

角川文庫 17454

平成二十四年六月二十五日 初版発行
平成二十五年四月 三十日 再版発行

発行者—井上伸一郎
発行所—株式会社角川書店
東京都千代田区富士見二—十三—三
電話・編集 (〇三)三二三八—八五五五
〒一〇二—八〇七八
発売元—株式会社角川グループホールディングス
東京都千代田区富士見二—十三—三
電話・営業 (〇三)三二三八—八五二一
〒一〇二—八一七七
http://www.kadokawa.co.jp
印刷所—旭印刷 製本所—BBC
装幀者—杉浦康平

定価はカバーに明記してあります。

な 51-3
ISBN978-4-04-100322-0 C0193

角川文庫発刊に際して

角川源義

第二次世界大戦の敗北は、軍事力の敗北であった以上に、私たちの若い文化力の敗退であった。私たちの文化が戦争に対して如何に無力であり、単なるあだ花に過ぎなかったかを、私たちは身を以て体験し痛感した。西洋近代文化の摂取にとって、明治以後八十年の歳月は決して短かすぎたとは言えない。にもかかわらず、近代文化の伝統を確立し、自由な批判と柔軟な良識に富む文化層として自らを形成することに私たちは失敗して来た。そしてこれは、各層への文化の普及滲透を任務とする出版人の責任でもあった。

一九四五年以来、私たちは再び振出しに戻り、第一歩から踏み出すことを余儀なくされた。これは大きな不幸ではあるが、反面、これまでの混沌・未熟・歪曲の中にあった我が国の文化に秩序と確たる基礎を齎らすためには絶好の機会でもある。角川書店は、このような祖国の文化的危機にあたり、微力をも顧みず再建の礎石たるべき抱負と決意とをもって出発したが、ここに創立以来の念願を果すべく角川文庫を発刊する。これまで刊行されたあらゆる全集叢書文庫類の長所と短所とを検討し、古今東西の不朽の典籍を、良心的編集のもとに、廉価に、そして書架にふさわしい美本として、多くのひとびとに提供しようとする。しかし私たちは徒らに百科全書的な知識のジレッタントを作ることを目的とせず、あくまで祖国の文化に秩序と再建への道を示し、この文庫を角川書店の栄ある事業として、今後永久に継続発展せしめ、学芸と教養との殿堂として大成せんことを期したい。多くの読書子の愛情ある忠言と支持とによって、この希望と抱負とを完遂せしめられんことを願う。

一九四九年五月三日